石田衣良
ISHIDA IRA

神の呪われた子

池袋ウエストゲートパーク XIX
IKEBUKURO WEST GATE PARK XIX

文藝春秋

神の呪われた子

池袋ウエストゲートパークXIX

目次

写真（カバー・目次）　新津保建秀
カバーモデル　西村ソフィ
装丁　関口聖司
イラストレーション　北村治

神の呪われた子

池袋ウエストゲートパークXIX

初出誌「オール讀物」

大塚ウヰスキーバブル　二〇二二年十一月号
〈私生〉流出　二〇二三年一月号
フェイスタトゥーの男　二〇二三年三・四月合併号
神の呪われた子　二〇二三年六、七月号

大塚ウヰスキーバブル

バブルって移動サーカスみたいに、果てしなく世界を回ってるよな。

三十年ばかり昔にはこのニッポンにいたけれど、今ではお隣の中国で盛んに黄金色の泡を吹きあげている。熱狂と欲望に煽《あお》られ、莫大なマネーが高速回転を始める。一度火がつくと、もう誰にも止められない。あらゆるものの値段が投機によって、遥《はる》か限界を超えて上昇していく。いつだって上値のうえに上値がある。それがマーケットの強欲な真実だ。いつかすべてが弾《はじ》けて、ただの空気に戻るまでね。

バブルの対象は別になんでもいい。チューリップの球根でも、東インド会社の株券でも、東京銀座中央通りのひと坪でも、ゴッホやモディリアーニの肖像画でもね。つい最近なら、ロレックスやフェラーリなんてのも、世界中の金あまりのおっさんたちの投資対象《オモチャ》になっている。ちなみに腕時計でいい値がつくのは、日本ではロレックスだけだ。女たちと同じように日本の男はブランドに目がなく、リセール市場を考えるとロレックス・メルセデス・モンブランというのが、定番のブランドという訳。

そんなの関係ねえという、あんたの感想はごもっとも。おれだって、ただの駅前商店街の店番だから、あんたに強く共感する。都心の土地も、スーパーカーも、印象派も、庶民には夢のまた夢だもんな。

だけど、バブルのお宝があんたのじいちゃんの書斎の、古びたウォールナットのサイドボード（扉の裏にはガキのあんたの落書きつき）の隅に、ひっそり眠っていたらどうする？

新築祝いかなんかで、じいちゃんが友人から二十五年ものの国産ウイスキーをもらっていたとしよう。今では貴重なミズナラ樽《だる》で熟成された、もうわずかしか市場に出回っていない木箱入りのクリスタルのボトルが一本。昔はせいぜい数万円。そいつが今では中国のウイスキー売買専門サイトで、同じ重さの純金よりも高価な値で取引されているとしたら。

そう、今回は一本数千万円の値段がついたウイスキーのお話だ。年老いて現役を引退しようとしているバーテンダーとその家族に、宝くじの当たり券と同じ価値があるボトルが、なにをもたらしたのか。いつものスリルとサスペンスが待っている。ＪＲ大塚駅周辺のウイスキーバブルを巡るおかしな騒動に、おれもひと役買うことになったのだ。

まあ、のんびりハイボールでものみながらきいてくれ。ほんとていねいにつくられたハイボールってうまいよな。

バブルの物語は果てしがない。

盛りを過ぎた中国から、つぎはきっと中南米のガイアナやリチウムの鉱床があるチリあたりで、バブルの華麗にして虚《むな》しいショーが始まるのだろう。

まあ、おれにもこの国にも、そんな馬鹿らしい熱狂は二度と関係ないけどね。

今年の秋はページをめくるようにやってきた。

前日までＴシャツに短パンだったのに、いきなりカーディガンを着こむことになったのだ。ニュースで気象予報士は真新しいマフラーを巻いて、朝夕の冷えこみを告げている。東京の季節から、移り変わりのしっとりとした中間色はなくなった。白と黒だけ。アメリカの中間選挙みたいだよな。

そんな秋にすることといえば、ひっそりとした隠れ家に逃げこむこと。おれの場合いきつけのバーに好きな本をもっていき、ナッツをつまみにハイボールをちびちびと二、三杯やることである。本はなるべく、リアルな世界とは関係のないものがいい。そうして過ごす九十分は、精神安定にすこぶる有効だ。

そういうときにはホテルメトロポリタンのバーは使わない。あそこは商談用で落ち着けないし、内装がすこし豪華すぎる。という訳で、おれは豊島区内に三カ所ほど、ダチにも教えていない秘密のバーを確保しているのだった。

その夜は、なかでも一番のお気に入りバー「ＢＯＬＥＲＯ」に、おれはきていた。場所はＪＲ大塚駅の南口に猥雑《わいざつ》に広がるサンモール大塚という商店街のなか。表通りには面してないから、気になるやつは自分の足で探してみてくれ。

薄暗い間接照明にぼんやりと浮かぶ内装はＬ字型のカウンターにボックスシートがふた席だけ。おれはいつもＬ字の角のスツールに座る。そこがスピーカーのスイートスポットだからだ。店のなかではほかに客がいるときは一九五〇年代のジャズを流しているが、店主とおれだけになると、店名のとおりフランスの近現代のクラシックが流れることになる。ラヴェルやドビュッシーやプーランクやオネゲルなんか。

　店主にしてバーテンダーのおやじさんの名は、角山鼓《つのやまこ》太郎《たろう》。音楽好きになったのは、タイコのコの字が名前に入ってるせいなのかもしれない。

　うちの果物屋の定休日は平日で、その夜寂《さび》れた大塚駅近くのバーには、おれとコタロウさんしかいなかった。おれはイスタンブールの歴史が書かれた本を読むのをやめて、おやじさんとラヴェルのボレロの聴き比べをしていた。あれくらい有名曲になると、二十や三十の指揮者とオーケストラ違いの演奏がアナログ盤やＣＤで簡単に手に入るのだ。
「この曲って催眠術みたいだよな。聴いてると、だんだん身体が麻痺《まひ》してくる」
　同じメロディを果てしなく繰り返すお馴染《なじ》みの曲だった。セックスと似ているというやつもいる。果てしない循環運動のあと、いきなり最後の破局＝クライマックスがやってくるのだ。十五分くらいというのが、また短すぎず長すぎずでいいのかもしれない。
　コタロウさんはもうじき七十というところ。銀の髪は短めのオールバックで、いつも白いシャツに蝶ネクタイで決めている。それに季節によって素材が変わる黒いベストが定番のスタイルだ。夏は麻、冬はスコットランド産のウール。客より目立つことは決してないけれど、案外お洒落《しゃれ》なのだ。

「まったくだね、マコトくん。とくにこの演奏は十八分もあるから、音楽が今にもとまりそうで、緊張感があるなあ」

おれはグラスの底に残ったハイボールの最後のひと口をのみ干した。

「おんなじのひとつ。指揮者は誰？」

おやじさんはグラスにおおきな角氷をふたつ入れて、マドラーで二十回ほどていねいにかき混ぜた。グラスを冷やし、氷をなじませているのだろう。それからメジャーカップできちんと量り、サントリーの響《ひびき》をそっと加える。また静かに混ぜてから、ウィルキンソンの炭酸水を足して、最後にマドラーで二回転。

「お待たせしました。指揮はチェリビダッケ」

もう亡くなっているけれど、どんな曲でもテンポ記号を無視して、でたらめに遅く演奏するので有名な指揮者だった。クラシックの曲を遅くするだけで、なにが変わるかって？　高精細の写真を虫眼鏡で覗《のぞ》いたように、細部の構造が怖いくらいに透けて見えてくるのだ。ボレロの小太鼓がゆったりと遅い別世界の秒針のように規則正しく、暗いバーを満たしている。

「おれ、このＣＤもってないから今度買うよ。うちのＣＤプレイヤーじゃ、こんな音はとても聴けないけどな。このスピーカー、どこの？」

トールボーイ型で、木目とニスの輝きが美しい工芸品のようなスピーカーだった。ユニットの前面にはハープのように黒い糸が数十本も張られている。

「ソナス・ファベール。イタリア製だよ。ジャズには上品すぎて、あまり向いていないが、弦楽器はよく歌う。店のためというより、わたしの趣味だ。うちの店で、こんな話ができるお客はマコトくんだけだな」

コタロウさんはそういうあいだも決して手を休めなかった。ウエスでカウンターを拭き、おれの目の前の小皿のピスタチオがなくなると、さっと補充してくれる。いつもヘッドフォンで音楽を聴いてるおれが質問した。

「こういうふうにステレオで、いい音を聴くには、どうしたらいいのかな。できるだけ低予算でさ」

すこし考えて、コタロウさんはいった。

「まず自分の耳で聴いてみて、これはと感じたスピーカーを、すこし無理して購入する。背伸びが大事だよ。アナログでもCDでもプレイヤーは日本製で十分。あとは安い真空管のアンプひとつでいい。それで好きな音楽を浴びるように聴きながら、がんばって働く。お金ができたら、プレイヤーとアンプをグレードアップすればいい。スピーカーとは十年単位でつきあうんだよ」

へえ、そういうものなのか。おれはフランスの近現代ものは好きだが、下世話な人間だ。

「あのさ、このソナスなんとかって、いくらぐらいしたの」

コタロウさんは目を細めて笑った。

「十五年くらい昔だが、三百万くらいはしたよ。買うにはサンシャイン60から飛びおりるくらいの覚悟が必要だった。でもこの音を聴いてからは、一度も後悔したことはないんだ」

おれは危うく口笛を吹きそうになった。

「そんな高級品じゃあ、買うまでに十年はかかるよ。おれには絶対ムリだ」

おやじさんは乾いた布で、クリスタルのショットグラスを磨いている。目を上げずにいった。

「うちにきていた若いお客さんは、みな同じことをいう。いくら働いても給料が上がらない、いつまでも貧乏なままだとね。でも、年をとると、だんだんと金と縁ができるようになるんだ。今のままの調子で、しっかりと踏ん張っていれば、多くのお客さんと同じで、いつかは自分の趣味に使えるくらいの金は必ず回ってくるものだ。心配はいらない。マコトくんはその調子でね」

穏やかで、落ち着いたＮＨＫの地方局のベテラン男性アナウンサーのような声で、コタロウさんはそういうのだ。おれがこの店を精神安定剤代わりに利用するのがなぜか、よくわかってもらえるだろう。

客と店の一線は越えないし、自慢話も説教もせずに、吹いているのかわからないくらいの微風で、気もちよく背中を押してくれる。そんないきつけがあるなんて、おれも大人になったものだ。まあ、その割にはいつも流行《はや》らないバーなんだけど、世のなか見る目のあるやつはいつだって少数派だからね。そいつはＣＤや本のベストセラーリストを見れば、すぐわかる。

がたりと店の分厚い扉が開いた。隙間から半グレ風の男が顔を覗かせる。静かなバーにも、ラヴェルの名曲にも似あわない男だった。

「ハーイ、コンバンハー」

コタロウさんはボレロをとめると、ＣＤを替えた。ファンキーなエレクトリック・マイルスを音量を下げてかける。おれは横目で男の様子を観察していた。黒いレザーブルゾンに、黒のトレーナーと黒パンツ。首からは太い銀のチェーン。ペンダントトップはお決まりのドクロだった。

悪趣味を周囲に見せつけるのが趣味というヤカラだ。

不思議なのは、やつの目がおやじさんではなく、その背後の酒棚を探るように見ていること。男の後ろからひと回りちいさな、まったく同じような格好と雰囲気をした男が続いて入ってきた。黒ずくめの半グレ風のふたり組。ファンキーなマイルスも、ユーロビートも、エグザイルもきっと区別はつかないだろう。黒のコンビは音楽鑑賞が趣味のようにはまったく見えなかった。コタロウさんは落ち着いたものだ。

「いらっしゃいませ」

カウンターの一番奥のスツールに座った男たちの前に、おしぼりをそっとおく。最初に入ってきた兄貴分がいった。

「山崎《やまざき》のヴィンテージはあるか。オンザロックでくれ」

おやじさんはベテランバーテンダー特有の鉄壁のポーカーフェイスでいう。

「あいにく切らしておりまして」

男は完全におやじさんの背後にある酒瓶だけ見ていた。

「じゃあ、なんでもいい。この店にある国産ウイスキーで、一番高いやつを、ロックで」

隣の弟分をあごで指していう。

「こいつにも同じものを」

「サントリーの響になりますが、よろしいですか」

男はざらついた声で、いらだったようにいう。

「響の三十年ものとか、二十一年ものはないのか」

「そちらのほうは切らしております」

「しけた店だな。なんだ、ステレオなんかに凝《こ》りやがって」

イタリア製スピーカーの工芸品的な価値など、想像もつかないのだろう。おやじさんは無言のまま、オンザロック・グラスの氷を回している。メジャーカップで正確に量り、グラスに静かに落とし、またマドラーで二回転。聖なる儀式だ。男たちの前に、最高にうまいロックが滑りでた。穏やかに微笑《ほほえ》んでいう。

「当店はキャッシュ・オン・デリバリーでやらせていただいておりまして、二杯で六千六百円いただきます」

男は手首のひと返しで、グラスを空《から》にした。レザーブルゾンの内ポケットから、帯封のついた百万円の束を抜きだす。しわひとつない一万円札をカウンターに放るといった。

「つりはいらない。だが、あんたのほうで、国産のヴィンテージウイスキーが手に入るようなら、おれに連絡してくれ。いくらでも高く買いとるぞ。決して、あんたに損はさせない」

男は黒い名刺を、新券の横においた。弟分にいう。

「さっさとのめ。つぎの店、いくぞ」

ヤカラの小型版がむせながら、高級ウイスキーをなんとかのみ干した。黒いコンビはきたときと同じように、風のように去っていく。おれはつい漏らした。

「なんなんだ、あいつら」

バーの空気がすっかり荒れてしまった。もうボレロの聴き比べという雰囲気ではない。おやじさんはマイルスから、ビル・エヴァンス・トリオに替えた。ヴィレッジヴァンガードのライブ盤だ。

「最近はあの手の買いつけ人がすくなくない。あちこちのバーで、国産のヴィンテージウイスキーを買いあさっているんだ」

おやじさんは男たちのグラスを片して、黒い名刺をゴミ箱に捨てようとした。声をかける。

「その名刺、ちょっと見せてくれ」

「マコトくんは関わりにならないほうがいいぞ」

そういいながら、おれに名刺を手渡してくれた。㈱美興商事、ウイスキーバイヤー、岡田磨流虎。フリガナはマルコ。イタリア風のキラキラネーム。事務所は銀座にあった。

おれはスマートフォンで写真を撮ると、名刺を戻した。おやじさんは一瞥《いちべつ》もせずにゴミ箱に投げる。

「あいつ、すごい金もってたみたいだけど、国産ウイスキーなんて買い集めて、どうするんだろ」

コタロウさんが苦々しくいう。

「ウイスキーバブルだよ」

おれにはまったく意味不明。

「どういうこと？」

「あの男がいっていた響の三十年ものは、今では百万円の値がついている。昔はそんな無茶はなかったんだが。今、中国の富裕層のあいだで日本のヴィンテージウイスキーがブームなんだそうだ。それで市場がおかしくなってしまった。あの手の男たちは日本中のバーで在庫を買いつけて、中国のバイヤーに売るんだ。それを向こうではまたさらに高額で転売する。そういう仕組みになっている」

おやじさんは吐くように短く笑った。

「まあ、それでひと山あてたバー仲間もいるんだがね」

あきれた。おれは手のなかのハイボールを見つめた。泡の弾ける薄黄金色の洒落た酒だ。だが、そいつが百万なんていかれてる。

「この酒がバブルなんだ」

「そうだ、中国では一億の値がついたウイスキーがあったそうだ」

一本一億！　タワマンの中層階が買える値段だ。

「そういうのはさ、大金持ちがのむために買うのかな」

バーテンダーは休まず優雅に動く。グラスをていねいに洗っている枯れた指先。あの男たちの痕跡をわずかでも残すのが嫌なのかもしれない。

「さあ、どうなんだろう。バブルだから、たいていは値上がり益を見こんだ投機目的なんじゃないかな。わたしにも大陸の富裕層の気もちはわからない。ただまともではないのは確かだ。日本のヴィンテージウイスキーは世界的に定評がある。大量生産は不可能で、希少価値に疑いはない。金は余っているのに、いい品はすくない。それで果てしなく値が吊り上がっているのだろう」

ため息のようなあいづちが出てしまった。

「ふーん、なんかいかれてるんだな」

おれは日本のバブルをしらない。もの心ついたときには、バブルの余熱がわずかに漂っていたくらい。けれど中国では今まさにバブルが花盛りという訳だ。そういえば西一番街の質屋のせがれが、ロレックスの値段がロケットみたいに上昇してるといっていた。なんでもないステンレスのエクスプローラーが百万以上もするらしい。お隣さんのバブルの影響を、おれたちもしらないうちにしっかりと受けているのだ。

おれはおやじさんのハイボールをひと口のんだ。こんな簡単な酒でも、つくり手によって味はまるで違ってくる。

「そういえばさ、おれと同じ響のロック一杯三千円って請求してたよね。おれにはいつも千五百円なのにさ」

おやじさんは笑った。大人の男のいい感じの笑いじわ。

「それはいいんだ。秘かにお客を差別する。それがサービス業の醍醐味《だいごみ》なんだよ。マコトくんは金はないけど、うちのバーの上客だ」

おれもにやりとしていった。

「で、さっきのやつらは金はあるけど……」

コタロウさんが間髪を容《い》れずにいう。

「……二度と顔を見たくない下の下の客だ」

それでおれたちはよく磨かれたカウンターをはさんで、同時に笑い声をあげた。

そのとき、また分厚い木製の扉が開いた。このバーにしては、よく客がくる夜だ。さっきのやつらが戻ってきたのかと、目を向けたがあの下品なツーブロックは見えなかった。だが、扉は薄く開いたまま。予想よりも遥かに下のほうから声がする。

「おじいちゃん、お腹すいた」

小柄な男の子だった。かなり涼しい夜なのに、長袖Tシャツ一枚。胸にはおれがよくしらない川崎のラッパーのロゴ。よく刑務所のなかのことをリリックにしているやつだ。コタロウさんに孫がいるのはきいていたが、会ったのは初めて。

「どうしたんだ、晴斗《はると》、こんな時間に店にきて。凪咲《なぎさ》はどうした？」

ハルトは店内をさっと見渡して、するりとドアを抜けてきた。時刻は九時半すぎ。

「お母さんは遊びにいっちゃった。どこかのクラブだって」

おやじさんの表情が曇っている。

「晩ごはんは？」

「ポテトチップがおいてあったけど、もうたべちゃった。それで、お腹がすいてたまらなくなっちゃって」

成長期の子どもにポテチひと袋の夕食か。立派なネグレクトだった。ため息をついて、おやじさんはいった。

「しょうがないな、凪咲のやつは。ダンナと別れて、大塚に帰ってきたのはいいが、これだから」

カウンターを出て、出入り口の扉にいく。営業中の札を裏返してきたのだろう。気を使って、おれはいった。

「帰ったほうがいいなら、失礼するけど」

「いや、別にかまわない。晴斗、たいしたものはつくれないが、オムレツサンドでいいか」

この店はバーで軽食のメニューはないが、常連が注文すればなにかしらつくってくれるのだ。おやじさんはちいさな鉄のフライパンを熱し始めた。バターのいい香りがする。慣れた手つきで卵をふたつボウルに割り、菜箸《さいばし》でといていく。刻んだベーコンとチーズをたっぷり投げこみ、フライパンから煙があがり始めたら流しこんだ。卵が焼けるいい音。二枚の食パンはトースターのなかだ。チーズオムレツは魔法のようにできあがった。

コタロウさんが冷蔵庫からサラダ菜を出すと、ハルトがいった。

「その葉っぱ嫌いだなあ」

おやじさんが孫にいった。

「色どりだけだ。味なんかしない。嫌なら、目をつぶってたべるといい」

おれはひとつおいたスツールに腰かける男の子にいった。

「嫌いなものもたべないと、いつまでもチビのままだぞ」

考えてみると、おれは中学を卒業するまでピーマンも、玉ねぎも、レタスもたべなかった。それでも背は十分に伸びている。つい本音が漏れた。

「いや、ハルトが嫌いなものたべなくても、背はちゃんと伸びるな。じいちゃんも背が高いしさ。でも、せっかくじいちゃんが店を休みにしてつくってくれるんだから、文句をいわずにたべたほうが、おれはカッコいいと思うな」

初対面の客にすぎないおれの目をしっかりと見つめてくる。ああ、この子はだいじょうぶだ。なぜか、おれはそう感じた。ネグレクトとか、シングルマザーとかそんなの関係なくね。

ハルトは半分に切って、皿にのせられたサンドイッチにかぶりついた。

「すこし塩を強めにしてある。ケチャップより、そっちのがおいしいだろう」

おれの視線は、オムレツサンドに釘《くぎ》づけ。蝶ネクタイのバーテンダーがいった。

「マコトくんもたべるか？」

ハルトと違って、西口のいきつけのラーメン屋でつけ麺をたべてきたのだが、おれは即座にうなずいていた。

「ああ、ひとつ頼む」

「これ、ほんとにうまいな」
あっという間にたべ終えたハルトにおれはいった。まだガキの目はものほしげ。おれは半分残った皿を男の子のほうに押してやった。
「腹いっぱいになっちゃった。そういえば柚子《ゆず》辛つけ麺の中盛をくってきてたんだよな。ハルト、たべてくれないか」

男の子はおれのほうでなく、コタロウさんを見ていた。ほんとにもらってもいいの。

「腹いっぱいだし、捨てるなんてもったいない。おやじさん、この店もち帰りやってないんだよな」

おやじさんはにやにやしている。

「やってないんだ。晴斗、遠慮せずにいただきなさい」

「やった！」

おれが残したオムレツサンドにかぶりついたハルトは、十五秒フラットで片づけた。

「ほら、これをのむといい」

メロンソーダを出してくれる。こんなじいちゃんがおれにもいたらよかったのに。放課後毎日バーで遊べるなんて最高である。おれはいった。

「ハルトは何年生なんだ？」

「小学校三年生」

おれは大人がよくきく馬鹿な質問をしてしまった。

「勉強のほうはどうだ？」

からっきし勉強もせずに成績最低だったのに、大人は気楽なものだ。ハルトはもじもじしている。代わりにおやじさんがいった。

「なぜか母親の凪咲にも、わたしにも似ていなくてね。晴斗はクラスでいつも一番か二番らしい。塾にもいっていないのにたいしたものだ」

ハルトは頬を赤くしている。九歳の含羞《がんしゅう》。かわいいものだ。カウンターの向こうからとろけるような日で優秀な孫を見ていたおやじさんが、おれのほうを見ていった。

「そうだ、マコトくんには見せておこう」

そういうとコタロウさんはカウンターの下にしゃがみこんだ。

出てきたのは紫の風呂敷に包まれた四角いものだった。

「先ほどの男たちの勘はなかなか悪くはなかったんだ。うちの店にもこんなお宝があったんでね」

風呂敷の結び目をほどいていく。なかからは桐の箱があらわれた。表には山城《やましろ》四十五年の筆文字。シングルモルト・ウヰスキーという旧仮名の表記と見たことのないメーカーのロゴが焼き印のように押されている。

「こいつはなんなの？」

コタロウさんは淡々という。

「今は大手に吸収されたちいさなディスティラリーのウイスキーだ。名作と名高い一本だよ」

おやじさんは木箱を開けてなかを見せてくれた。紺のベルベットの内張りにくるまれて、クリスタルのボトルが照明を浴びて宝石のように輝いている。

「この三十六角のボトルがわたしらの若い頃のあこがれだった。あさましい話だが、今では毎日中国のウイスキー専門サイトをチェックしているんだ」

恐るおそる質問してみる。

「一本いくらするの？」

「昨日は八千五十万円だった。このひと月は七千八百万から八千万のあいだだったんだが、上に抜けたようだ。もうすこし値は上昇するのかもしれない」

「マジか！」

教養のかけらもない返事をしてしまう。興奮していった。

「こんなウイスキー一本が宝くじの当たり券くらいの価値があるなんて、ほんとびっくりだな。おれが生まれてから見た一番高いもんだよ」

平気な顔をしているが、コタロウさんも内心興奮しているようだった。

「わたしだって同じだ。毎日こうして酒をお客に出して数十年、きっとお酒の神様がご褒美にくれたんだろうな。つい最近まで大陸じゃあこのボトルにこんな値段がついてるなんて、しりもしなかったんだが」

おれは笑っていった。

「宝くじ当たったな、おめでとう、おやじさん。で、どうすんの？」

ていねいに木箱のふたを閉めて、風呂敷で包み直し、老バーテンダーはいった。

「この店もあと一年か二年でたたもうと思ってる。妻はもう十年も前にいってしまった。ひとりで慎ましく暮らすなら、なんとかなりそうな貯《たくわ》えもある。こいつはわたしにはさして必要のないお宝なんだ」

おやじさんはまたカウンターの下に木箱を隠した。スマートフォンでゲームをしているハルトのほうに穏やかな視線を向ける。

「だが、この子には教育費が必要だからな。凪咲はいつもふらふらしているし、なんとか晴斗を大学までは出してやりたい。まだ十三年もあるんだ。わたしが生きてるかもわからないが、金はいくらあっても困らないだろう」

いい話じゃないか。自分のためでなく孫の将来のために、人生で一番の当たり券を使う。そういう人間だから、幸運がめぐってきたのかもしれない。

「おやじさん、響のハイボールをもう一杯」

そのとき、ハルトが叫んだ。

「あーくそっ、なんでそこでレーザーソード使うんだよ。馬鹿じゃないの」

対戦型のゲームをしているようだ。おれはきいてみた。

「誰とやってるんだ？」

ハルトはスマホの画面から目をあげずにいう。

「中国の人、杭州《こうしゅう》に住んでるって」

時代は変わるのだ。教育費はいくらあってもいいだろう。工業高校卒で、今になって必死に勉強をしているおれの言葉だ。信用してもらっていい。

しばらくして、おやじさんがいった。
「マコトくん、すまないんだが、晴斗を家まで送ってやってもらえないか。わたしは十一時に常連さんの予約が入っているので、店を離れられないんだ」
おれは腕のGショックを見た。もう十時半だった。つぎの朝、市場への買いだしがある日には、おれはいつもこの店を十一時前には出ている。

「うん、わかった。まかせてくれ」

「晴斗のところは近いんだが、なにかと物騒だし、こんな時間に小学生がひとりで歩いていて、補導でもされると面倒なのでね。すまないな」

「いつもハイボールおまけしてくれるんだから、気にしなくていいよ」

おれはスツールから立ちあがり、まだゲームをしているハルトに声をかけた。

「さあ、帰るぞ。にいちゃんが家まで送るから、心配いらないぞ」

ハルトは顔をあげるといった。

「近くだから、平気だよ。ぼく、ぜんぜん怖くないもん」

おれはハルトと夜の商店街を歩いた。

コロナからこっち、街に酔っ払いはすくない。大塚駅の周辺はもともと東京では有名な三業地で、飲食店や酒場が多いのだ。だが、この時間ではもう半分以上が店を閉めている印象だった。夜遊びは習慣だ。なかなか一度なくした習慣をとり戻すのはむずかしいようだった。

コンビニの明かりが見えたので、ハルトにきいてみる。

「なにかいるもの、あるか？　今日は特別に買ってやるぞ」

疑わし気に男の子がおれを見あげた。

「マコトさんって、なんの仕事してるの？」

「池袋西一番街で果物屋の店番してる」

子どもは残酷だ。さらに突っこんできた。

「それって、給料いいの？」

正直にこたえるしかなかった。ハルトの夢が店番になったら、おれの責任だからな。事実をありのままに伝える。

「リンゴやミカンやナシを売ってるんだぞ。給料がいい訳ないだろ」

だけどな、とおれは続けた。

「小学生は大人がおごってくれるといったら、素直におごられてればいいんだ。たとえ、相手があまり金のない店番だとしてもな」

ハルトは素直にうれしげにいう。

「うん、わかった。マコトさんにおごってもらう」

だが敵もさるもの。ハルトはコンビニに入ると、真っ先にレジに向かった。

「グーグル・プレイのギフトカードでも、いいかな？」

千五百円三千円五千円のカードがさがっている。上目づかい。おれは笑っていった。

「そいつはダメ。すくなくとも、ハルトのおふくろさんやじいちゃんの許可をもらわなきゃな。なんか好きなお菓子とかあるだろ、子どもなんだから」

「うーん、じゃあ、いいや」

ハルトはレジを離れて、棚の奥に移動していく。おれはチョコレートとか、キャンディとか、エクレアなんかを予想していた。けれどハルトがしゃがみこんだのはがっつり食品コーナー。

「じゃあ、これでお願いします」

「おっ……おう」

おれはサトウのごはんのお徳用五個パックを受けとった。ずしりともちごたえがある。

「それがあれば、お母さんがいなくても、卵かけごはんとかふりかけごはんとかできるでしょう。ほんと助かるんだよ。お腹すくからさあ」

おれは胸をつかれて、なにもいえなくなった。手のなかのパックの包装を確かめてみる。あんたはしってるかな。この夏からサトウのごはんの賞味期限は、十カ月から一年に延びているんだ。

「そうか、じゃあ、もうひとパック買っていこう」

ハルトが心配そうにいった。

「そんなにお金出して、マコトさんがたべるもの買えなくならない?」

「だいじょうぶだ、店番なめんな」

おれとしては、コンビニにあるだけサトウのごはんを買い占めたかったが、ハルトにもハルトの家族にもおかしなふうに思われるのが嫌で、ふたパック十個だけで我慢しておいた。

だって九歳の男の子の晩めしが、ポテチひと袋ってないだろ、普通。

小学生男子の胃袋をなめんなって話だよな。

ハルトが母親と暮らす家は、天祖《てんそ》神社の社務所の角を左に曲がった先にある二階建てのハイツだった。おれはコンビニのレジ袋をさげて、男の子のやせた背中を見ながら、外階段をあがった。

「あっ、お母さん」

廊下の奥に足を投げだして、若い女が座りこんでいた。タンクトップにベスト、尻が半分見えそうなめちゃめちゃ短いホットパンツ。それで若く見えたのかもしれない。日焼けした太ももには、なぜかハートのクイーンのタトゥー。あのおやじさんの娘か、確か名前はナギサ。

ハルトは駆けよると、母親の肩を揺さぶった。

「こんなとこで寝ると風邪引くよ」

普通は親が子どもにいう台詞《せりふ》だよな。目を覚ますと、急にハルトに抱きついた。

「あーよかった。心配したんだよ。誘拐されたかもと思って、外で待ってたんだ」

手元にはのみかけのストロングゼロがおいてある。誘拐された息子をのみながら待っていたのだろう。おれに気づくとナギサはにやりと笑っていった。

「あんた、誘拐犯？」

おれはサトウのごはんが十個入ったレジ袋を、ストロングゼロの脇においた。

「おやじさんのバーの客だ。ハルトが腹をすかせて店にきたから、コタロウさんに頼まれてここまで送ってきた」

ナギサの髪はレゲエダンサーのようなコーンロウ。おれを見あげる目には紫のアイシャドウが分厚く塗られている。

「ふーん、そう。あのおやじのお気に入りか。あたしはクラシックなんて大嫌い。まあ、とりあえず礼をいっとくよ。ありがとね」

　ホットパンツの尻をはたきながら立ちあがった。小柄でグラマー。露出度は子もちとはとても思えなかった。どうしても皮肉のひとつでもいってやりたくなる。

「ハルトはほんとにいい子だな。コンビニでなんでも買っていいといったら、パックのごはんを選んだよ。家に誰もいなくて、ポテチひと袋しかなくても、それなら卵かけごはんができるって。成績もクラスで一番なんだろ。あんたにはもったいない子だな」

　すこしいいすぎたかと思った。ナギサの目に火が入る。

「なにもわからない癖に偉そうに説教するんじゃないよ。うちだって、たいへんなんだ」

　おれはよその家のたいへんさが苦手だった。つい深入りする悪い習慣もある。ハルトにいった。

「また、じいちゃんの店でオムレツサンドくおうな。おれんち、池袋西一番街の入口で果物屋やってるから、遊びにきてもいいぞ」

　ハルトは母親を見てから、おれを見た。ぺこりとていねいにお辞儀をしていった。

「ありがとうございました、マコトさん。でも、うちのお母さんはほんとはいいお母さんなんだ。おやすみなさい」

　きゃあと悲鳴のような声をあげて、ナギサがハルトを抱き締めた。男の子は照れて困ったように、おれを見あげている。おれは肩をすくめて、そのまま殺風景な外階段を戻っていった。

　つぎの日には、すっかり三代にわたる大塚ファミリーのことは忘れてしまった。おれにも日々

の生活がある。朝早く起きだして、巣鴨《すがも》の青果市場にいき、あれこれと季節の果物を仕入れ、店にもどると秋の日ざしを浴びた店先に並べていく。音楽はずっとラヴェルのボレロ。メロディは確かに同じなんだが、コタロウさんのところとはまったく音が違う。まあ三万円のＣＤプレイヤーと三百万のイタリア製スピーカーが同じ音なら、そいつも大問題。

その日は山梨産の豊水《ほうすい》のものがよくて、実際によく売れた。おれが素晴らしいセールストークで勧めまくったのもあるけどね。そうして、好天の秋の三日ばかりが流れ、いつものトラブルが追いかけてきた。

おやじさんからの電話を受けたのは、そろそろ店を閉めようかという夜九時すぎ。コロナ以降、終電間際の酔っ払い客が激減して、うちの店も早めに閉店している。めずらしいなと思いながら、スマートフォンにふれた。

「急にすまないな、マコトくん」

不安げな声、いつも落ち着いたおやじさんにはめずらしいトーンだった。

「いや、だいじょうぶ。これから店を閉めるとこだしね。もう客はいないよ。どうかしたの？」

おやじさんはなにかいいにくそうだった。

「困ったことというか、気味が悪いというか、その……問題が起きていてね。少々マコトくんの知恵を借りたいんだ」

おれが池袋の街の裏側でトラブルシューターをしていることは話していた。すこしばかり夜のバーらしい尾ひれをつけて。おれが真っ先に思い浮かべたのは、のんだくれていたコーンロウのナギサのこと。あれはどう見ても歩くトラブルである。

おれはまだ開いたままの店を眺めた。すべてたたんで、シャッターをおろして、隣駅のサンモール大塚までの移動距離を計算する。

「四十分で、そっちに着くよ。悪いけど、またあのオムレツサンドつくっておいてくれないか。うちの晩めし、くえそうにないんだ」

時間どおりに、おれはボレロに着いた。

ドアの表には準備中の札。おれがスツールに座ると、湯気をあげるサンドイッチがすぐに出てくる。ドリンクは響のハイボールだ。最初のひと口をかじりながらいった。

「毎晩、このサンドイッチでもいいな。おやじさん、さすがのタイミングだ」

おれがくい終わるまで、じっとおやじさんは待っていた。バーの仕事をせずに手もちぶさたにしているところを見ると、緊張しているのかもしれない。ベーコンの脂《あぶら》をきりりと締まったハイボールで流しこむと、おれはいった。

「で、どんな問題なの？」

曲はラヴェルの「ラ・ヴァルス」だった。不気味で精巧な暗いワルツみたいな曲。これで踊るのはきっと幽霊かゾンビだろう。

「あの夜から、毎晩あいつらがこのバーに顔を見せにくるんだ」

マルコというヴィンテージウイスキーのバイヤーか。おやじさんは名刺を三枚並べた。まったく同じ黒い名刺。㈱美興商事。

「へえ、なんだか昔話できいた地上げ屋みたいだな。土地を売るまで毎日でもしつこく押しかけてくるなんてさ。でも、おやじさんはこの店にお宝があるなんて、ひと言もいってないんだよね」

コタロウさんはしっかりとうなずいた。

「ああ、そのとおり。こんな貧乏バーには、そんな高級ウイスキーなどあるはずがないと、やつらにはいつもいっている」

「それでも、毎晩くるんだ？」

「そうだ。店を開いたばかりの時間か、閉める直前に、あの間抜けなふたりがやってくる。客商売だから、断ることもできないしな。それに、どうも……」

おやじさんはいいにくそうだった。

「わたしの感覚にすぎないのかもしれないが、どうやらやつらはうちに飛び切りの値がつくボトルがあることを、確信しているような気がするんだ」

おれは山城四十五年の輝くようなボトルを思いだした。

「あれから値は上がってるの？」

つまらなそうに老バーテンダーがいう。

「すこし下がった。キリ番の八千万ちょうどだ」

「そいつはすごいな。バブルなんて、想像もつかないよ。ちょっとお隣さんがうらやましいよ」

おやじさんは渋い顔をした。

「実際に体験してみると、それほどいい時代ではなかったよ。明日になればもっと金が手に入ると信じて、みながなけなしの金をつかいまくっていたんだ。バブルが弾ければ、残るのは借金だけ。それは世界中のどの国でも同じなんじゃないかな」

そういうものかもしれない。わかっていても、バブルの熱狂と欲望は強すぎて、誰も逆らえないのだろう。いつかこのニッポンでフルーツバブルが起きたらと考えた。シャインマスカットひと房に二百万円の値段がつくのだ。

専用の冷蔵庫を買いこんで、おれもマスカットのトレードをするようになる。三日後には倍の値段がつくかもしれない。ひと夜で二百万を抜いて、おれはたちまちマスカット長者になる。そうしたら、もう吹きさらしの店番はしなくなるのかな。晴れた日の仕事は割と気分がいいんだけれど。さあ、別の仕事に戻ろう。

「あのさ、あのボトルのこと、誰かに話した?」

おやじさんは腕組みをして、しばらく考えた。

「同業者には話していない。見せたお客は、マコトくんしかいない」

「じゃあ、あのとき初めて、人に見せたんだ」

「そういうことになる」

「じゃあ、しっているのはおやじさんとおれだけじゃないか。おれは誰にも話してないし、漏れるはずがない」

一本八千万円の価値があるウイスキーなのだ。気軽に人に話せるもんじゃない。おれはそこで気がついた。

「そういえば、あのときもうひとりいたよな」

おやじさんもそいつにはとうに気づいていたようだ。

「そうだ、晴斗がいた。あの子が悪気なしに、誰かに話したのかもしれない」

「学校のクラスで、ものすごく高いウイスキーの話をして、そいつがあの間抜けなコンビの耳に入るっていうの？」

おやじさんがうなるようにいった。

「晴斗には母親がいる」

おれも同じことを考えていた。

「ナギサの線か」

「恥ずかしい話だが、娘は金に困っているようなんだ。何度か援助はしているんだがね」

ナギサがどこかで日本各地のバーにお宝が眠っているときき、そこにおやじさんが学費のためにとってある山城四十五年についてハルトがしゃべってしまう。ハルトにはそれがどれくらいの価値があるかなど、きっとわからないだろう。ガキの頃はおれだって、五千円から上は全部ただの大金だと思っていた。

「今度、おれのほうから、ハルトにきいてみてもいいかな。おやじさんからはいいにくいだろ」

「ああ、かまわない。こういうのは初めてなんだが、マコトくんの世界では仕事の依頼ということになるのかな」

おれはハイボールをひと口やった。

「まあ、そういうことになるね」

「依頼料はいかほどかな」

おれはゆっくり首を横に振った。

「もうもらってるよ」

「どういう意味だろう」

グラスをもちあげて、おれはいった。

「格安ハイボールとオムレツサンドで、もうもらったさ。ほんとのことをいうと、おれはいつも金はとらないんだ。たまにもらうこともあるけど、金がからむとややこしくなるからさ。いつもだいたいタダ」

おやじさんがうれしげに、だがあきれていった。

「マコトくんは変わっているんだな」

「よくいわれるよ」

それをいうなら、おやじさんも同じだった。大塚駅前の商店街で、こんな渋いバーを開いても流行るはずがないのだ。変人は変人を呼ぶ。まあナギサが間抜けなバイヤーを呼びよせるのと同じことだ。

「そういえば、今日はあいつらきてないの？」
渋い顔でおやじさんはいう。
「そのようだな」

「わかった。明日から、あの美興商事って会社調べてみるよ。正式に依頼は受けたから、ちょっと動いてみる」

　その夜おれは油断していた。ハイボールが効いてきていたし、トラブルシューティングは明日からで十分。今夜はおやじさんとすこし話をして、いい音楽でも聴いて帰ればいいだろう。そう思って、ハイボールのお代わりをしていたのだ。

　だが、曲が同じラヴェルのスペイン狂詩曲に変わったところで、いきなり扉が開いた。ドアの隙間から、岡田マルコの間抜け面《づら》。

「ハーイ、コンバンハー！」

　おやじさんが静かにいった。

「表の札は準備中なんですが」

　マルコはずけずけと店内に侵入してくる。おれを見るといった。

「この前いた客じゃないか。今夜は弟分を連れているんだ。おれに恥をかかせないでくれ。そんなことになったら、やつらがどうなるか、おれにもとめられない」

　やつら？　あの小型版マルコだけではないのか。やつは店外に叫んだ。

「おーい、店やってるってよ。入ってこい」

　ぞろぞろと五人の半グレ風がバーになだれこんできた。地元大塚のグループのようだ。Gボーイズの集会で、見かけた顔がひとりだけいた。間抜けが店の奥にいき、スピーカーにさわろうとした。おやじさんの鋭い声が飛ぶ。

「すみませんが、オーディオにはおふれにならないように」

確かにおかしなウイルスでも移って、音の調子が悪くなるかもしれない。高音用のユニットを指でへこませるバカもいるしな。マルコは歯をむきだしにして笑った。

「おい、気をつけろ。おれたち全員に最高級のハイボールをくれ」

おやじさんはまだ冷静だった。

「先ほどから、こちらのお客さまと大切な話をしておりまして、一杯おのみになったら、お引きとり願えませんか」

マルコがカウンターに寄りかかり、おれに顔を近づけてきた。首のシルバーのチェーンが揺れている。

「先にお引きとりになりたいのは、こっちのガキだろ。なあ、おまえ？　もう帰りたいよな」

最近会った一番のアホにおれはいった。

「このガキじゃなく、マコト、真島誠《まじままこと》だ。別に帰りたくないよ」

「度胸だけはあるんだな、おまえ」

おやじさんのほうを向いて、マルコがいった。

「こいつとあんたはどういう関係なんだ？　大切な話ってのは、目の玉が飛びでるほど高いウイスキーのことじゃないよな」

おやじさんは淡々とハイボールを人数分つくっている。

「マコトくんは年の離れた友人です」

おれはいった。

「おたがい、フランス音楽の近代ものが好きでね」

「すかしやがって、なめた口いつまでも利いてられると思うなよ」

おれは考えていた。こうして大人数でちいさなバーに押しかけてくれば、もう他の客は寄りつかなくなるだろう。地上げ屋の手口と同じだった。最初にうまくいけば、やつらは味をしめる。

おれはおやじさんにいった。

「さっそくで悪いけど、奥の手のひとつを使ってもいいかな」

おやじさんはちらりとおれに目をあげた。

「別にかまわないが、なにをする気なんだ？」

「まあ、いいから。ちょっと外で電話してくる」

おれはスマートフォンをもって、スペイン狂詩曲が荒ぶるバーを出ていった。

選んだ番号は、池袋の王様・安藤《あんどう》崇《たかし》。
サンモール大塚の夜はすっかり静かなシャッター通り。光っているのは、昭和風の名前の看板を出したスナックが何軒か。こんな時間でも動いてくれるといいのだが。とりつぎが出ると、すぐにタカシに代わった。昼でも夜でも氷のような声。
「久しぶりだな、マコト。たまにはGボーイズの集会に顔を出せ」
「ああ、次回は必ずな。すまないが、今すぐボーイズを動かせないか。今、大塚のバーにいるんだが、地元の半グレみたいなやつらが店を占拠してるんだ。営業妨害ってやつ」

まだお宝のウイスキーのことは伏せておいた。今はやつらに対抗する勢力があることを、示しておくだけでいい。

「警察は呼べないんだな？」

「ああ、ちょっと店のマスターの肉親がからんでいるかもしれない」

「その店の人間とマコトはどういう関係だ？」

おれはさっきおやじさんにいわれて、すこしだけうれしかった言葉をそのまま返した。

「年の離れた友人ってやつかな」

タカシがドライアイスの煙のような声を吹いて笑った。

「おもしろいな。相手はいくつだ？」

「正確にはしらないけど、七十手前ぐらい」

「ますますおもしろい。地元の半グレは何人だ？」

「全部で六人」

「わかった。二十分だけ時間を稼げ。十人送る。おまけで、このおれもな」

キングじきじきの降臨だった。雪嵐を呼ぶ男。

「すまない。ほんとに助かるよ。事情がまだこんがらがってるから、詳しくはまたあとで」

おれはキングのラインに、ボレロの住所と電話番号を送った。さて、ひとりで半グレの集団を相手にしているおやじさんのところに戻らなければいけない。

バーに戻ると、音楽はラヴェルからショスタコーヴィチに変わっていた。ボレロからインスパイアされた、長い変奏部がある交響曲第七番「レニングラード」だ。半グレはボックス席をふたつ足を投げだして使い、マルコだけカウンターにいた。おれはさっきと同じスツールに座る。

「おお、逃げずに帰ってきたのか、マコトとかいったな。一杯おごらせてくれ」

調子のいい男。おれはすこし下手に出てみることにした。

「すみません。この前もここで会いましたよね。確かつぎの店いくぞっていってた気がするけど、そんなにバーをはしごするんですか」

オンザロックを半分のんで、マルコはいった。

「おれたちのは仕事だからな。別にたのしい訳じゃねえ。いいか、マコト、現代の黄金ってのはな、地面のなかじゃなく、今にも潰れそうっていうバーにあるんだ。まあ、おまえみたいな貧乏人にはわからないだろうがな」

おれは自分の着ているシャツを見た。確かにユニクロだ。デザイナーはＪＷ・アンダーソンだけどね。

「へえ、黄金か。それがここのバーにもあるかもしれないんだ」

「まあな、そういう噂を小耳にはさんだってとこだ」

黒のマルコはおやじさんを横目で見て、おれにいう。

「おれたちだって、ビジネスでやってるんだ。ヴィンテージのいいウイスキーなら、国内の買いとり業者のどこよりもいい値で買わせてもらう。最高額の買いとり保証ってやつだな。こうして毎晩ここにきてるのも、将来おたがいウィンウィンの関係をつくるためだ。なあ、ビジネスでは信頼感ってやつが大事だろ」

現代でもっともうさん臭い言葉が出た。おれはこれまでいろんなトラブルを切り抜けてきたが、双方が勝つことはまずない。この世界はウィンルーズばかり。詐欺師のキーワードだ。

「今、中国でな、恐ろしいくらいのバブルが起きているんだ。日本製ウイスキーのな。ガラス瓶一本七百mlで一億だぞ。一滴一mlで、十四万ちょっとだ」

マルコはいい調子で、おやじさんにきいた。

「ウイスキーワンショットで何mlだ?」

手を休めずに、グラスを磨《みが》きながらこたえる。

「三十mlです」

マルコはオンザロック・グラスを手にとった。焦がした黄金色の液体をななめに揺らして見ている。

「この一杯が四百三十万円って、計算になる。すごいだろ。店で出すなら倍の値づけで、オンザロック一杯八百万だ」

ふう、ひと息でのめるロックが日本人の平均年間給与の倍近いのだ。バブルはおかしな熱狂を生む。

「それでな、おれたちもまあ大陸から、すこしばかりのマージンをいただくってことよ。世のなかもちつもたれつだな」

マルコは間抜けだが、案外気のいいやつだった。敵としても、まったく悪くない。子どもの頃から動物を殺していたなんて、よくある快楽殺人鬼よりずっとまし。まあ、ミステリーとは違って、そんなやつは日本では何十年かにひとりしかいないんだけどね。

「おい、マコト、おまえもふらふらしてるなら、うちの会社で働いてみないか。歩合制で、当たればベンツ乗れるぞ」

現代のゴールドディガーか。毎晩駅前のバーをはしごして、金塊を発掘するのだ。果物屋の店番よりも夢のある話。甘い空想はそのとき途切れた。

ドアが開いて、氷のような声がバーに響いたのだ。

タカシの声はすべての会話をとめてしまう力があった。ほんもののショーストッパーってやつ。

「すまない、真島誠いるかな」

おれはカウンターで右手をあげた。

「ここだ、遅かったな、タカシ」

そのひと声で、ボックス席の半グレの腰が半分浮いた。タカシはまっすぐにカウンターに近づくと、おれの隣に座った。ていねいにおやじさんにいう。

「十人、うちのチームのボーイズを連れてきた」

店内をゆっくりと見まわす。にこりと笑っていった。

「詰めれば、なんとか全員座れそうだ。いいかな?」

おやじさんは困惑している。

「おれが呼んだんだ。こいつは池袋のGボーイズのヘッドで、安藤崇。おれのビジネスパートナーで、高校時代からの腐れ縁だ」

タカシは右手をあげて、指を弾いた。乾いた木を叩くような音が鳴る。ショスタコーヴィチの狂った行進曲にあわせて、十人のGボーイズが入店してきた。ボックス席の半グレがマルコに近寄り耳打ちした。

「こいつらはマジでやばい。今夜はもう帰らせてくれ」

マルコはたいしたギャラを払っていなかったようだ。半グレの五人組はGボーイズと目をあわせずにバーを出ていった。ボックス席ふたつに八人。カウンターではマルコとタカシとおれ。さらにGボーイズの突撃隊ふたりがおれたちをはさんでくる。さすがにマルコも目が泳いでいた。

おれはいった。

「さっきとは立場が逆転したな。こういうのをウィンウィンっていうのかもしれないな」

マルコの目が暗く光った。

「なめるなよ、マコト。つぎはあんな臆病風の半グレじゃなく、こっちも本筋を呼ぶぞ」

タカシが笑って、滑りでてきたハイボールをのんだ。

「おや、こいつはうまいな。何人呼ぶんだ？　今からでいいぞ。本筋でもケツもちでも呼んでみろ」

マルコの目に脅えが走った。こいつはバイヤーで、荒事《あらごと》は苦手なようだ。おれはやさしくいった。

「岡田さん、やめておいたほうがいい。Gボーイズは今まで、池袋の本筋と何度もことをかまえているんだ。あんたの会社がはした金で雇うようなやつらじゃ敵にもならない。嘘だと思うなら、さっきのやつらにきいてみろ」

タカシはじっとマルコの目を見ていった。視線だけで凍りそう。

「いいか、このバーはGボーイズの安全確保の対象になった。二度と手を出すな。やるというなら、おまえの会社ごと潰すぞ」

マルコは半分落ちかかっていたが、それでも最後にあがいてみせた。

「もう遅いんだよ。ここになにかすごいお宝があるって噂が、こっちの業界に流れちまった。仮にうちの会社が手を引いても無駄だ。本筋と組んだ悪い筋のバイヤーなんて、いくらでもいるんだ。この店はうちらの業界の的になった。いつまでも誰かに狙《ねら》われることになる」

確かに困った話だった。地上げの的になったタバコ屋や酒屋を想像した。何年でも飽きずにやってくるしつこい相手。もみ手でウィンウィンだ。おれはいった。

「ナギサからきいたのか?」

マルコはびびりながら、胸を張った。

「あの女は悪い筋から借金をしているらしくてな、借金とりに父親がひと財産もするウイスキーをもってるとばらしたらしい。そっちの筋から話が流れてきたんだ。金融屋のとり立てより、うちの会社のほうが甘いし、ちゃんと高額で買いとるんだぞ。やつらなら、ボトルをさらっておしまいだ。だいたいウイスキーの価値なんて、まるでわからない下品なやつらだ」

裁判の最中に開き直る被告のようだった。だが、確かに困ったことになった。タカシにはまるで話が読めていないようだった。おれの耳元で囁《ささや》いた。耳だけシベリア寒気団。

「あとですべて話をきかせろ。いいか、すべてだぞ」

おれは黙ってうなずいた。この男の会社に儲《もう》けさせるのは気がすすまなかった。そこでマルコは決定的な失言をした。

「もとはといえば、そのバーテンが娘を育てそこなったのが悪いんだ。ひとり娘なんだってな。家族を救うために、さっさとウイスキーを売ればいい。こんな寂れたバーにはもったいないお宝なんだからな」

おれはマルコの目を見ていった。

「おやじさんもおれも、あんただけには死んでも売らない。いいか、よく覚えとけ」

そのとき静かになりゆきを見守っていたおやじさんが動いた。カウンターの下から、紫の風呂敷包みをとりだし、カウンターにおいた。

「あなたには絶対に売らないが、ひと目見せてやろう。一生こいつが買えなくて、後悔するといい」

結び目を音を立ててほどき、桐の木箱を開いた。山城四十五年。ボトルの角が眠たげに光を散らす。キングはおかしな顔をしている。おれはいった。

「このボトル一本が、中国のウイスキー専門サイトで八千万円の値をつけているんだ」

タカシは平気な顔をしていたが、ボックス席のGボーイズがざわついた。純金よりも高価なのだから当たり前。おやじさんはマルコをにらみつけてから、おれのほうを向いた。

「こいつは明日売ることにした。中国系の買いとり業者が銀座にビルをかまえていると、バーテンダー仲間からきいた。わたしが直接いってくる。すまないが、マコトくんもつきあってもらえるかな」

おれはしっかりとうなずいた。

「ああ、明日は市場のない日だから、ぜんぜんいいよ」

おやじさんはタカシのほうを見た。

「それに申し訳ないが、マコトくんのご友人も同行願いたい。その男のいうとおりなら、いつ襲われるか、わからないのでね。謝礼はさせてもらう」

おやじさんはマルコの前におかれたロックグラスを見ていった。

「そいつをのんだら、あんたは帰ってくれ。うちにはお宝は一本だけだ。もう二度とこのバーには顔を出さないでくれ」

マルコは震えながら、オンザロックをあけた。タカシがとどめを刺す。

「このバーにはくるな。おやじさんと娘さん、それにマコトと二度と顔をあわすな。これはGボーイズとの約束だ」

おやじさんは流れを読むのが実にたくみだった。黒い名刺を一枚、タカシの前に滑らせる。タカシは指先でつまむと、読みあげた。

「美興商事、岡田磨流虎だな。おまえの名は、ここにいる全員が覚えた。いいな、約束は破るな。破るなら、地の果てでも追って、けじめをとらせてもらう」

マルコは震えあがった。それはそうだよな。いくらワンボトルで数千万円でも、ウイスキー一本に命はかけられない。

その夜は、おれとタカシ、それにGボーイズの突撃隊の半分が、そのバーで徹夜をすることになった。うまい酒をのみ、いい音楽をいいオーディオで聴き、朝までタカシと馬鹿話をした。キングもラヴェルのボレロが気にいったそうだ。

翌日の天気も快晴だった。東京の秋晴れは気もちいいよな。おれたちは二台のクルマに分乗して、銀座にある中国系のウイスキー館にいった。開店の十一時ちょうどに、おれとおやじさんは受付にいき、商品の買いとりを申しこんだ。

おやじさんは書類に住所氏名を書き、身分証明書を提出した。応接室で日本人のバイヤーがいう。

「素晴らしい逸品をおもちくださり、ありがとうございました。山城の四十五年は出物が非常にすくなく、中国でも富裕層のあいだで大人気になっております。つきましては……」

てかてかの金メッキの電卓を叩く。

「こちらでいかがでしょうか」

おやじさんがこちらに向けられた電卓をのぞきこんだ。おれもついいっしょに見てしまう。なあ、おれは下品な人間だといったよな。

８１，５００，０００円

桁数がおかしくて、最初はよくわからなかった。八千百五十万だと気づいて、声が出そうになる。バイヤーがきいた。

「いかがでしょうか」

おやじさんは迷うことなくいった。

「そちらでお願いします」

バイヤーはにこやかだ。

「どうもありがとうございました。すぐに現金を準備いたします」

それから買い取り専門の応接室でおこなわれたのは、映画のような光景だった。百万円の束が八十とちょっと、台車に載せられてくる。そいつをひと束ずつ、カウンターにかけていくのだ。全部をすませるのに、二十分近くかかった。すべてを大判の紙袋ひとつに収めると、バイヤーはセンターテーブルにおいた。

「他にもヴィンテージの名品がございましたら、またよろしくお願いします」

おやじさんがすこしだけ緊張した面《おも》もちでいう。

「いえ、もうあんな高級品はありません。明日からはまた普通のウイスキーで、オンザロックやハイボールを一杯ずつ売る生活に戻ります。今日はありがとうございました」

ダークスーツを着た若いバイヤーがいった。

「それがほんとうのウイスキーの商《あきな》いというものかもしれません。こちらこそ、本日はたいへんありがとうございました」

年寄りのバーテンダーと若い店番にていねいに頭を下げてくれる。バイヤーもいろいろなのだとおれは思った。マルコと違って、なかにはいいやつもいる。

それから二週間があっというまに流れていった。

コタロウさんとハルト、それに似あわない紺のミニタイトのスーツを着たナギサが、うちの店にきたのは晴れた土曜の午後のことだった。太ももからハートのクイーンのタトゥーを覗かせた若い母親を見て、おふくろは目を丸くした。

「ちょっと出てくる。そんなに時間はかからないから」

おれはそういって、エプロンを脱いで、レジ下に放りこんだ。おれはおやじさんにいった。

「全部、すんだんだってな。タカシからきいたよ」

タカシがあいだに入り、悪い筋からのナギサの借金は、すべてきれいにしたという。一本のウイスキーのおかげでね。おれたちは家族のようにひと塊《かたまり》になって、ウエストゲートパークに向かった。

グローバルリングの下、ゆるやかに弧を描くベンチに座った。順番はおれ、ナギサ、ハルト、おやじさん。老バーテンダーがいった。

「今回はほんとうにマコトくんに世話になった。わたしからお礼をいわせてくれ。ほら、晴斗も、お礼だ」

ハルトにはよくわかっていないようだった。

「マコトにいちゃん、サトウのごはん、ありがとう」

泣かせる台詞をいうガキだった。おやじさんはハルトにいう。

「さあ、アイスクリームでもたべにいこう。凪咲から話があるそうだ。きいてやってくれ、マコトくん」

新しくできた公園内のカフェに、孫と手をつないでいってしまう。ナギサの声が震えていた。

「あたしも、ハルトも、今度のことはなんてお礼をいったらいいのか、わからないよ。いつも酔っ払ってる馬鹿な母親だって思っただろうけど、毎晩人に会ってなんとかお金をつくろうとしてたんだ」

肩でおおきく息をした。

「借金は別れたダンナがこさえたものだった。いくら借りたのかはわからないけど、やくざみたいなやつらに、とにかく一千万返せって毎日脅されていて」

そのときのことがよほど恐ろしかったのだろう。涙目になっている。ナギサはミニスカートの裾《すそ》を引いて、太もものタトゥーを隠そうとした。おれはいった。

「別れた男の借金なんて、あんたが返す義理はないだろ」

ナギサはぼろぼろの声でいう。

「あたしのはハートのクイーンで、あいつのがスペードのジャックだった。グアムに新婚旅行いって、ふざけていれたんだ。あいつらはいったんだ。あたしが返済しないなら、元ダンナの腹を裂いて臓器をとるか、海外の鉱山に売り飛ばすって。それであたしが借金を背負うことになった。父親はどこか海外で消えたなんて、ハルトには絶対いえないから」

「そんなことがあったのか。あんたも苦労したな」

誰もが人にいえない切ないストーリーをもっているものだ。ただストーリーは隠されて見えないから、おれたちはおたがいを誤解していく。

「おれは別にあんたのことをひどいなんて思ってないさ。ただこれからハルトにちゃんとめしをくわせてやってくれたら、それで十分。ダンナもいないんだから、夜遊びだって別にいいんじゃないか。うちでよければ、ベビーシッター代わりにハルトをあずかるよ。うちのおふくろは、賢い男の子に目がないからな」

おれのガキの頃みたいなとはいわなかった。あんたもここまで読んだなら、わかってくれるだろ。おれはガキの頃、すごくかわいくて、言語能力に長《た》けた希望の星だったのだ。

この話のオチはさらに一週間後にやってきた。
市場への買いだしからダットサンで戻ってみると、うちの店先にひどくおおきなダンボール箱が何個もおいてある。おふくろが昂然《こうぜん》と非難する。
「いったいなんなの、これ。マコト、店の邪魔だから、早く片しておくれよ」
おれは送り状を見た。豊島区南大塚三丁目、角山鼓太郎。あとは見慣れないオーディオショップのゴム印だ。箱にはソナス・ファベールのロゴ。おれはドキドキしながら、でかい箱を開いた。小型のブックシェルフ型スピーカーに、ズシリと重い鋳鉄《ちゅうてつ》製のスピーカースタンドのセットだった。いったいいくらくらいするのだろう。おれにはイタリア製の高級スピーカーの値段など、まるでわからなかった。おやじさんからの手紙が、ふたに貼ってあった。

真島誠さま

なんとお礼をいっていいのかわからないほど、マコトくんには世話になった。

どうもありがとう。これはほんのお礼の気もちだ。

きちんとセッティングして、いい音を十年聴いてください。

またBOLEROで待っている。うちで一番のハイボールはいつでも半額だ。

年の離れた友人　角山鼓太郎

という訳で、おれの部屋では今は本格的なスピーカーから、ボレロが流れている。弦がよく歌うというのはほんとうだった。なにせベルカントの国からの贈りものだからな。真空管のアンプは、金がないので一番安い中国製にした。この小型高密度の高級スピーカーがいったい、いくらしたかって？　おれはソナスのサイトで価格を即座に調べているが、あんたの質問にこたえる義理はとくにないよな。

コタロウさんのような上品な人間になるには、我慢が必要だ。おれも、あんたもね。ものには値段がある。いくらバブルが燃え盛っても、そいつは常識的な範囲に収まるほうが、きっといい。そいつがおれが今回得た教訓である。まあ、ひと言でいうと、あんまりものの値段にはこだわるなって話。そう考えると、ウイスキーバブルだってそう悪くないよな。

大塚のファミリーをひとつ救い、おれに身分不相応のスピーカーまでプレゼントしてくれたのだから。

〈私生《サセン》〉流出

ときどき不思議にならないか。

おれたちの本体は血も肉も骨もある人間でなく、そこから生まれる情報のほうなんじゃないか。おれたちの喜びや悲しみなんかより、データとして記録される家族構成や購買行動のほうが、ずっと重要視されてはいないか、と。現代のビッグデータの世界では、影に過ぎない情報のほうが本体なんかよりもずっと価値があるのだ。バカでかいネット企業や国が集める情報が、さして金をもたないひとりひとりの人間（おれやあんたのような格差の下半分！）より、ずっと貴重で高価な時代なのだ。

影のほうが実体より重要で価値があるなんていうと、なんだか二十一世紀の新しい哲学みたいだけれど（逆プラトン派？）、こいつは事実だからしかたない。中国もアメリカも必死になってビッグデータを集めているしな。情報が世界のスーパーパワーの将来を決定する。なんだか国際謀略大作のオープニングみたいだが、ここは北京でもワシントンでもなく東京・池袋だから、話はそんなスケールには膨張しない。まあ、ハリウッドのあの手の映画って、頭よさげに見えて、実際はおバカな愛国作品ってのがお決まりだもんな。

おれとしてはその逆で、おバカに見えて実はちょっとスマートくらいの線を狙うのが、低予算小スケールの日本映画みたいで、逆にいいと思うのだ。実際この冬、池袋と渋谷で起きたトラブルは、その手のちっちゃなお話。

だが、それでも今の世のなかを考えるうえでは、なかなかのテキストにはなるはずだ。あんただって、よほどの韓流カルチャーのファンでなければ、〈私生《サセン》〉の読みかたは知らなかっただろ。それに狂信的なファンのあいだで、アイドルたちの個人情報がどんなふうに売買されているかも、気にさえしていないことだろう。推《お》し活《かつ》もいいけれど、時代というのはいつだって悪い方向にいき過ぎるものだ。

あんたが仕事かバカンスで福岡空港いきの飛行機に乗ったとする。隣の席にやってきたのは凄《せい》惨《さん》な口喧嘩の末に別れたばかりの元恋人。韓国のロマンチックコメディではないから、そこから新たな恋なんかベタに再生しない。逃げ場のない機内で無言と恐怖の二時間が続く。こんなことが偶然起きるはずがない。

売られている〈私生〉は飛行機の搭乗便と座席だけではない。住所、電話番号（家族分もプラス）、日々のスケジュール、ＳＮＳの裏アカウントなどなど。個人情報保護法なんて、完璧なザルなのだ。

おれは誰かの熱狂的なファンになったことはないけれど、もしあんたが〈私生〉の邪道に落ちていたなら、よく考えてみてほしい。推しを苦しめるのは、他のグループの悪意ある戦闘的なファンより劣る推し活だってこと。

まあ愛と憎しみは、最初から紙一重《かみひとえ》なんだけどね。


今年の初冬はあたたかだった。

東京では晴天の日が続き、気温は十五℃から下がらない。おれは夏が好きなので、ぎりぎりまで半袖Tシャツとショートパンツで過ごしていた。十一月の半ばまでそんな格好でいけるなんて、地球温暖化バンザイだよな。

ただし、その日はおれもきちんと一張羅《いっちょうら》のジャケットを羽織り、約束の場所に座っていた。場所は渋谷駅にほど近いセルリアンタワーのラウンジ。クリスマス前でロビーには、バカでかいツリーが飾られている。ソファ席から奥に視線を振ると、こぢんまりした和式庭園の向こうには、渋谷のよく晴れた空が短冊形にすこしだけ覗いていた。

「タカシくんも、マコトくんも久しぶり。今日は大阪で舞台があるから顔を出せないけど、うちのイッキがよろしくって」

おれの正面に座るのは芸能事務所アロイジアの女社長・牧野《まきの》薫子《かおるこ》。いつものように本物のシャネルスーツを着ている。恰幅《かっぷく》がいいので、ボタンを締めた胸と腹はパンパン。おれはいった。

「イッキは元気にやってますか」

鳴海《なるみ》一輝は以前、女がらみのスキャンダルで、ちょっとだけ助けたことがあった。タカシ並みのイケメンで、バイセクシュアルの人気俳優だ。相手が未成年（実は子持ちで、その筋の事務所の罠だったんだが）だったせいで、芸能活動は致命傷の一歩手前。そこからタカシとおれで、どう動いたかは昔の話を探してくれ。

「ええ、落ち着いて舞台を中心にがんばっているわ。いい役者になったと思う。まあ、コマーシャルはずいぶんと減ったけれどね」

男でも女でも、役者の旬は短い。アロイジアはばんばんCMをとれるほどの大手じゃないしね。

タカシは黙って、おれと女社長を汚れた河口でも見るように眺めている。

「ほんとうにあなたの顔はよくできているわねえ。うちの事務所でモデルから始めるというあの話、もう一度考えてみてもらえないかしら」

タカシはうっすらと笑った。生まれついてのイケメンで、容姿の話が嫌いな氷の王様。

「もう一度誘ってくるようなら、おれは帰る。あんたはなにかトラブルがあって、おれたちを呼んだはずだ」

「昔はわたしも腕利きスカウトとして、そこそこ名をあげたんだけど。もったいないわねえ。そんなにいい造形を生かさないなんて。まあ、本人がその気でなければ、こっちの世界は無理だしね。タカシくんのことはあきらめます。それでね、おふたりは〈私生〉という言葉は知っているかしら」

サセン？　おれの語彙《ごい》では左遷、左旋、鎖線くらいしか浮かばない。

「韓国語で、個人情報のこと。そこから転じて、アイドルや役者の個人情報を集めて過激な推し活をする危険なファンのことなの」

タカシが鼻で笑った。危険？　池袋の裏の世界よりも？　さすがに女社長は鋭かった。

「今のところ、命の危険はないかもしれない。でも、うちの子たちはみんなうんざりしてるし、業務を円滑に遂行できないビジネス上の危険は、すでに十分なところまできている」

　おれはとりなすように口を開いた。

「いかれたファンが個人情報を集めて、過激な推し活をするというのはわかったよ。だけど、おれたちにはなにもできそうにないけどな」

　だいたいおれには推し活というのが、よくわからなかった。どこから襲来するのかわからない、不特定多数の女のファンなんて、どう対応すればいいのだろうか。

「まあ、わからないわよねえ。どれくらい被害が深刻か」

　そこから現代の地獄巡りのような話が始まった。


「マコトくんがライブで北海道にいくために飛行機に乗るとするよね。すると〈私生〉の子がいきなり隣の席を予約していたりするの。それでトイレに立つと、その子もついてくる。マコトくんが用をたして外に出ると、〈私生〉が待っている。その子はね、マコトくんににこりと笑って、すぐにあなたが使ったばかりのトイレに入っていく。なかでなにをするのかしらね」

　黙っていられなくて、おれはいった。

「深呼吸かな」

　タカシもいう。

「便器をなめる」

　女社長はうんざりした様子でいう。

「どちらもやっているかもね。トイレのなかから、しばらくスマートフォンのシャッター音が止まらなかったそうよ」

飛行機のトイレの薄い扉と狭い個室が浮かんできた。あこがれのアイドルが手をふれた可能性があるところは、すべて自分でもふれて、写真を撮ったのだろう。

「うちの子で、こんなこともあった。テレビの収録を終えて、深夜自分のマンションに帰りつく。やれやれやっと終わったと、ドアノブに手をかけようとする。すると、ノブがべったりと血で濡《ぬ》れている。でね、よく見るとその血は鮮やかでなくて、すこし暗い色をしていたの。たぶん生理の経血だったみたい」

ホラー小説だ。仕事帰りに家のドアノブに、狂信的なファンの生理の血がべっとり。確かに心をやられて、アイドルを辞めたくなる気もちがわかる。

「スマートフォンを買い替えて、三十分後に新しい番号に、〈私生〉から電話がかかってくるとかね。機種変したんだね、今度は14プロなんだとか」

タカシは黙っていた。おれはいった。

「ひどいもんだな。よほど心が強くないと、アイドル稼業も厳しいな。だけど、どこから〈私生〉は漏れてるんだろうな。機種変して三十分じゃあ、スマホのキャリアか販売店でしかわからないだろ」

「そうね。個人情報はあちこちから漏れていて、こちらでも手の打ちようがないの。昔、税務署の女性職員がタレントの自宅宛にファンレターを送ってきたことがあった。もちろん厳重抗議したけれどね。個人情報保護法なんて、ザルって話ね」

ますますおれたちが手を出すようなトラブルとは思えなくなった。女社長は伝票をつかむといった。

「さあ、上にいきましょう。今回あなたたちふたりに守ってもらいたいグループのメンバーが待っている。うちの事務所としてもなにもしない訳にいかないしね。まあ、うまく解決できなくても、事務所として所属タレントを守るという誠意は見せられるし、引き受けてもらえると、わたし個人としてもたいへんにうれしいの。さあ、立って」

おれはタカシと目を見あわせた。バブルの頃の遊び人のように、牧野社長はルームカードをひらひらと振っている。


エレベーターのなかで、おれは女社長に質問した。

「グループの名は？」

なにも知らずにいくのは礼儀がなってない気がした。おれは古風な人間だ。タカシは急上昇する高速エレベーターのなかでも涼しい顔。耳の奥が痛くなる。

「最近うちの事務所一推しの五人組よ。グループ名は『サン・エ・シロ』。フランス語で血と蜜という意味なの。最初はヴァンパイアの仮装でデビューして人気に火がついた。ファンはみんな、サンシロと呼んでるわ。ファンのことは、当然吸血鬼の眷属《けんぞく》という感じでクランね。サンシロ・クラン」

おれのように日本のポップミュージックに暗いやつでも、サンシロの名前は知っていた。ヒット曲も三曲ほど耳馴染みがある。

「なんだっけ、日本人が三人で韓国人ふたりのボーイズグループだったよな。個人名までは覚えてないけど」

女社長はおれを見直したみたいにいう。

「へえ、クラシックだけでなく、ポップスも詳しいのね。上にいるのは、一番人気のイケメンで最年少の弟キャラ、朴宗台《パクジュンテ》とリーダーで作詞とコンサート演出担当の神山静慈《かみやませいじ》よ」

最近のアイドルはずいぶんいろいろな役割分担をしているものだ。きっとセイジとジュンテはファンのあいだでは、神の名にも等しいのだろう。まあ、おれにはその令名もまるで影響はなかったけどね。

部屋は三十七階エグゼクティブ・フロアにあるスイートだった。一泊がおれの月給くらいする高価な部屋だ。女社長がチャイムを押すと、若い女性マネージャーがドアを開けてくれた。まっすぐにすすむと渋谷の冬空と真新しいビル群が目に飛びこんでくる。ホテル特有の無機質なソファには、恐ろしく色が白くて髪がターコイズブルーのガキがひとり。もうひとりは窓にもたれて、外を眺めていた。こちらは百八十五くらいの長身で黒い髪。

青髪がジュンテで、黒髪がセイジなのだろう。女社長がいった。

「ふたりとも、集まって。こちらが池袋Gボーイズのキング、安藤崇さん。それにフリーのトラブルシューターで真島誠さん」

おれとタカシが並び、向かいのソファにジュンテとセイジが座った。牧野社長はお誕生日席のひとり掛けだ。ジュンテは関心なさげにスマホをいじっている。サンシロのリーダーがいった。

「イッキさんからお話はうかがっています。おふたりがライバル誌にスクープを売って、最高の形でダメージコントロールをしてくれたんですよね。イッキさんは一時期芸能界を辞めて、バーでもやろうかって真剣に悩んでいたんです」

タカシは氷の無表情。ジュンテも負けずに無関心。おれが会話を流した。

「よかった。おれもあいつの芝居観にいったけど、辞めるなんてもったいないよ」

そのとき、ジュンテがいじるスマホが急に震えだした。ジュンテは毒虫でもさわってしまったように、スマホをホテルの床に放りだした。

「またきた。絶対アイツだよ」

おれはきいた。

「アイツって誰?」

ジュンテは横を向いてしまった。メンバー以外とは話したくないみたいだ。セイジがいう。

「うちの〈私生〉ワーストワンのふたり組がいるんだ。G2ってうちうちでは呼んでる。ゴキブリ1と2のコンビ」

「このアイフォン14プロだって、まだ機種変して三日もたってないのに、アイツらすぐに番号を調べあげてくるんだ。最低だよ。なにがクランだよ。ファンなんて口先だけ、嘘だらけだ」

日本語はネイティブ並みに上手かった。牧野社長がいった。

「ファンのことは、そんなふうにいったらダメよ。お客商売って、お客のことをどこかで馬鹿にしていると、必ず相手に伝わるから。〈私生〉なんて全体からしたら、ごく一部でしょう」

セイジが困ったようにいった。

「普通の熱心なファンは、ほんとにありがたいと思ってますよ。サービスだってちゃんとしてますし。でも、〈私生〉は別です。とくにあのふたりは悪のツートップだから」

「そうね、確かに悪質な〈私生〉ね。日本国内だけでなく、世界のどこに公演にいっても必ず追っかけてくる。インドネシアのライブのときなんか、タクシーと多重衝突事故を起こしそうになったくらい」

アイドル活動も〈私生〉活動もワールドワイドってことか。おれはいった。

「そいつはすごいな」

女社長は腕組みをしてホテルの折り上げ天井をあおいだ。

「うちの事務所でもさすがにすべての現場にカメラマンを送りこむことはできないから、たくさん資料的な写真や映像を撮ってくれるのは、うれしいのよ。インスタやユーチューブにアップしてるくらいならね。でも、あのふたりは勝手に撮った写真でTシャツをつくったり、アクリルスタンドやキーホルダーをつくったり、悪質な商売をしてるの。そこであげた利益は結局〈私生〉活動のためにつかってるんだけど」

「ちょっと待ってくれ。そんなの肖像権の侵害だろ。告訴したら終わりじゃないか」

セイジがいった。

「G2だってバカじゃないさ。新大久保のショップでこっそり売ったり、ライブのある最寄り駅の路上で売ったりするんだよ。注意してもさっとグッズを片して、すぐに逃げてしまう。売り子だってG2の名前を出したら、次から商品を卸してもらえなくなるから、なにも話してくれないんだ。その程度の軽犯罪だと警察だって注意しておしまいだしね」

「なるほどなあ」

おれは感心していた。沈みゆく大国ニッポンにも、局所的においしいビジネスがあるものだ。さすがのおれでもアクリルスタンドの値段くらいはわかる。素人《しろうと》が適当に撮った写真を加工してプリントするだけで、上代は千五百円。八割以上の利益が出せるはずだった。

「それでマコトくんたちにお願いしたいのは、ツートップのふたりに〈私生〉をやめさせて欲しいの。悪質なファンはたくさんいるんだけど、G2をとめたらいい見せしめになる」

黙っていた青い髪が急に口を開いた。

「できれば、うんとひどい目に遭わせて欲しい。あいつらソウルにいるうちの家族にまで嫌がらせをしてきた。弟がいってる大学と父の勤務先を世界中にネットでさらしたんだ。弟はしばらく休学しなけりゃならなくなった」

セイジがうなずいていった。

「ジュンテは自分のことはともかく家族に関しては、すごく責任感があるんだ。弟の学費も全部出してる」

「へえ、えらいな。なかなかできることじゃない」

おれがそういうと、青い髪の下で頬を赤くした。本物の人形みたいだ。

「歌って踊るのも悪い仕事じゃない。でも、いつまでできるかは誰にもわからない。弟にはいい大学を卒業して、きちんと財閥系の企業に就職してもらいたいんだ。韓国は日本より格差がずっとおおきいから」

　髪は青くとも、ジュンテは案外まともだった。

「それで、これを」

　牧野社長がコピー用紙を一枚、センターテーブルに滑らせた。

「G2のファンクラブ会員証と住所・電話番号・生年月日とメールアドレス」

　おれは手にとって確認した。会員証に顔写真はついていない。サンシロのアルファベット・ロゴと裏側に会員番号と氏名だけ。ナンバー36・樋口未希《ひぐちみき》（37歳）、ナンバー48・塚本妃咲《つかもときさき》（38歳）。

「へえ、ふたりともアラフォーなんだ。ずいぶん若い会員番号なんだな」

　セイジがいう。

「ああ、二桁台の前半はほとんど関係者だけだから、デビュー直後からおれたちのことを応援してくれてはいたんだ。なんで〈私生〉なんかに堕《お》ちたのか」

　おかしな依頼だった。おたがいに個人情報を握りあった芸能事務所とファンのトラブル。刑事事件なら指名手配をすれば、即解決しそうだった。だが、〈私生〉の活動はぎりぎりグレイゾーン。しかも相手は女だ。

　タカシが渋谷の空を駆ける木枯らしのような声でいう。

「とりあえず、そのふたりに会って、話をする。いつ会える？」

　セイジとジュンテが顔を見あわせた。

「土曜の夜。横浜みなとみらいでライブがあるんだ。ふたりは必ずくるよ」

　たがいによく知る敵か。おれはいった。

「あそこだとパシフィコ横浜の大ホールか」

牧野社長が渋い顔をした。

「五千二席。発売四十五分で完売した。読みが甘かったわね。サンシロの勢いはすごい。来年は横浜アリーナいくわよ、セイジ」

セイジが顔を崩して笑った。

「そっちのキャパは?」

「一万五千。あなたたちなら余裕でいけるでしょう」

ジュンテが床に投げたスマホを拾いながらいった。

「うん、楽勝でしょ。マコトくんとそっちのイケメンが、ゴキブリ二匹退治してくれたらね」

タカシが肩をすくめ、おれは作戦を考え始めた。あと二日で害虫退治をしなければいけない。


「あっ、そうそう。ふたりの顔写真を送っておくわ。こっそりうちのカメラマンに撮らせたの」

牧野社長がスマホを操作すると、二秒で写真が二枚届いた。写真週刊誌なんかでよく見る映像だった。遠くから望遠で撮った女ふたりのものだ。背景はどこかのライブ会場の入口だろうか。ボケているのでどこかはわからない。

ふたりとも感じがよく似ていた。モンスター〈私生〉というより、テレビ局から独立した女性アナウンサーみたい。ゆるい巻き髪に、フェミニンなワンピース。恵比寿《えびす》か白金《しろかね》に住んでいるマダムという雰囲気。なかなか美人だ。ふたりともミラーレスの一眼カメラを首から下げている。

一台七十万くらいはするソニーの最高機種。

「今はこういう普通のタイプが、悪質なファンになるのか。時代がわかんないな」

牧野社長がいう。

「さっきの会員証のペーパーを返して。それとその写真も誰から手に入れたかは、誰にもいわないこと」

おれはあわてて、サンシロの会員証とG2の個人情報をスマートフォンで撮影し、コピー用紙を戻した。


帰りのクルマは、GボーイズのRVだった。明治通りは不景気など関係なく、あちこちで新しいビル工事が目についた。きっとあるところにはうなるほど金があまっているのだろう。

窓の外を見ていたタカシに、おれはいった。

「さっきのミーティング、ほとんど黙ったままだったな」

キングの口から白い冷気が流れ落ちた。

「黙っていたんじゃない。考えていた」

「なんだ、それ」

運転手のGボーイがあきれた顔で、バックミラー越しにおれに視線を向けた。王様にこんな無礼な言葉をつかうやつはいない。

「例えばだ、おまえたちは目先の問題しか見ていなかった」

「どういう意味だよ」

タカシは平然としている。隣のシートに座ってるのに、氷の壁の向こう側にでもいるみたい。

「過激だという〈私生〉のふたりをとめるのは簡単だろう。だが、それだけでは他の悪質なファンはとまらない。一番の問題はどこからやつらの個人情報が漏れているかだ。そこを押さえなきゃ、いつまでたってもトラブルは続くだろう」

確かにキングのいうとおり。タカシは低く笑っていった。

「だが、今回の依頼にはそこまでの内容は含まれていない。ただ見せしめに〈私生〉をとめるだけだ。それで金になるなら、十分だがな。なにをするかは、マコトにまかせる」

そういうことか。確かにおれは目の前しか見えていなかった。今度考えるのはおれの番だ。


その日は夜まで店番をしながら、考え続けた。なぜ、機種変をするとすぐ新しい番号がばれるのか。なぜ、飛行機の便や座席までわかるのか。住所やスケジュールまで判明するのはなぜか。そして〈私生〉の心のありかたを考えた。

熱狂的に愛するアイドルに認知されたい。一方通行の強烈な片思いである。個人として認知してもらえるなら、相手を傷つけても憎まれてもかまわない。ストーカーに限りなく近いが、言葉にすればかわいい推し活に過ぎない。

BGMはすこし甘いが、苦くて切ないブラームスの弦楽六重奏曲第一番にした。師であるシューマンが心を病んで入院したとき、ブラームスは十四歳年上のシューマンの妻・クララと恋に落ちる。シューマンはそのまま亡くなるが、ブラームスとクララの関係は続いていく。肉体関係があったかどうかは、誰にもわからない。おれはなかったんじゃないかと思う。十九世紀のモラルは現在では考えられないくらい厳しいし、ブラームスは奥手で女性と深いつきあいをするのが苦手だった。なにより弾けるように明るい恋や愛の曲が、ブラームスにはないのだ。結局、音楽はすべてを語る。かわいそうなブラームス。

どうせクリスマスに仕事を引き受けるなら、きちんといい仕事をしたい。果物屋の店番と同じくらいしっかりとね。金にならないのなら、それくらいの自己満足が得られないとね。

ぽかぽか陽気のみなとみらいは遠くでゆったりと観覧車が回転していた。ここは不思議なことに、海のすぐ近くまでいかないと潮の香りがしない近未来のような街だ。おれとタカシは黒いスーツに黒いタイ。腕にはコンサートスタッフの腕章をつけている。

「ライブ開始の五時間前に集合か。アロイジアは人づかいが荒いな」

タカシが文句をいうのはめずらしかった。徹夜の張りこみでも涼しい顔なのだ。

「いつもの現場と違うから、肌にあわないんだろ」

おれたちはパシフィコ横浜のエントランス前の広場にいた。すでにグッズ売り場のテントには、ものすごい行列。二千人くらいはいるんじゃないだろうか。おれたちは最前列に近いところで、ダウンコートを着て並んでいるG1とG2をすでに確認済み。顔見知りの常連クランとにぎやかに挨拶《あいさつ》なんかをしている。

樋口のほうが背が高く、塚本のほうが小柄でグラマー。なぜだろう、女のふたり組って似たようなファッションをしてるよな。白っぽいダウンコートの下は、中東風の幾何学模様のラップドレスを着ていた。

両手いっぱいに袋をさげて、ふたりがおれたちの目の前を過ぎていく。おれたちはそのまま、なにくわぬ顔であとをつけた。


遊園地脇にあるコインパーキングにとめられた黒いトヨタ・ランドクルーザーに、ふたりは荷物を詰めこんでいる。おれたちは背後に近づいた。タカシがおれにうなずく。アロイジアの関係者の振りをして、ていねいに声をかける。

「すみません、ちょっとお話よろしいでしょうか」

おれは緊急でつくってもらったアロイジアの社員証を内ポケットから抜いた。背の高いほうが顔色を変えて、声をおおきくする。

「わたしたち、今日はグッズを買って、ライブを楽しむだけよ。なにも悪いことなんて、してないから」

樋口と塚本のコンビはなんどか口頭で注意を受けているという。すぐに防御態勢に入るのは心当たりがあるからだろう。おれは笑顔でぬけぬけと嘘をついた。

「いえ、今回はご協力をお願いしたいことがありまして。最近うちのサンシロの個人情報がどこからか漏れだして困っているんです。いろいろと事情に詳しいおふたりなら、なにかご存知かと思いまして。十五分でいいので、バックヤードにお越し願えますか」

ちいさいほうがぱっと喜びの表情になる。

「ライブのバックヤードに入れるの?」

「はい、わたしたちといっしょなら。ライブの直前ですので、メンバーをご紹介はできませんが、どうでしょうか。お話をきかせてもらう対価として、心ばかりの贈りものをしたいのですが」

美魔女・樋口の顔が引き締まった。案外商売人かもしれない。

「なにをいただけるのかしら」

「冬ツアーのアクリルスタンド」

にっこりと笑ってG1がいった。

「あら、それならさっき全部買ったから」

おれもにこりと笑った。タヌキの腹の探りあいだ。だが、こっちには切り札がある。

「拝見していました。お買い上げありがとうございます。ですが、今回ご用意したのはメンバー全員分の直筆のサインが入ったスペシャル版でして」

G2が叫んだ。

「いく、いきます。わたしたちふたり分あるのよね」

「はい、もちろん」

魚は針にかかった。おれはタカシに上品にうなずいてやった。キングは鷹揚《おうよう》にアルカイックスマイルを返してくる。悪くない調子だ。

コンサート会場の通用口を抜けて、G1とG2を使用されていない楽屋に案内した。サンシロのメンバーとは顔をあわせることのない動線で。バックヤードの通路は複雑に絡んでいるので、さして困難でもない。

片側が備えつけのカウンターで、バブルランプつきの鏡張りになった部屋だった。新品のようなグレイの布張りソファが二脚向きあっている。カウンターにおいてあるサンシロのミネラルウォーターをふたりの前においた。

ちいさなほうのG2がいう。

「一本はもって帰りたいから、もうひとついいかしら」

おれは笑って、もう二本ペットボトルをテーブルにおいた。

「樋口さんも、どうぞ」

厳しい顔のG1がいった。

「ほんとうに面倒なことじゃないのよね。このあとのライブもちゃんと観られるんでしょう?」

おれはタカシにうなずいた。タカシはジャケットのポケットを探る。

「はい、もちろんです。よろしければ、関係者席でご覧になってもいいですよ」

「それは結構。わたしたちは三列目を確保できたから」

タカシは薄い笑いを浮かべたまま、サンシロのメンバー五人のアクリルスタンドをテーブルのこちらの端に並べていく。すべてシルバーのサインペンで、直筆のサインつき。アヘン中毒の患者の前にずしりと重いアヘンの塊をおいたような気がした。ふたりの目つきが変わり、よだれを垂らしそうな顔になる。塚本が手を伸ばした。

「ああ、ジュンテくん」

最年少で一番人気のイケメン、パク・ジュンテのスタンドに震える指先が近づいていく。女の手がふれる直前に、さっとタカシがスタンドをつかんで引きあげた。おれはいった。

「お渡しはお話をうかがってからにしましょう。実は当事務所でも悪質な〈私生〉に手を焼いておりまして」

おれは深刻そうな顔をして、メンバーの自宅のドアノブに生理の経血が塗られていた話をした。ふたり組なら、よほどの変態仲間でなければ不可能な仕業だ。塚本が叫んだ。

「それ、ひどすぎる。誰のとこなの？　ジュンテくん、ＤＭくん、Ａｋｉｒａくん、セイジくん、それとも流水《りゅうすい》くんかしら？」

「それはお話しできませんが、韓国ではジュンテの弟が通う大学にファンが押しかけて、休学を余儀なくされました」

樋口は冷静だった。さすが美魔女。

「それで、わたしたちになにをききたいの。そのアクリルスタンドはサインが本物なら、元の百倍の価値がある。売るつもりは当然ないけれど」

千五百円が十五万か。全五個セットで七十五万。おれもマネージャーに頼もうかな。Ｇ２にやる餌だと知って、メンバーはずいぶんサインするのに文句をいっていたようだが。

「蛇《じゃ》の道はヘビっていいますよね。最古参の二桁会員で、〈私生〉のことなら誰よりも詳しいおふたりにお話をうかがって、極悪の〈私生〉を退治したい。このままではせっかく絶好調できているサンシロの活動がストップしてしまう可能性もあります。うちの事務所としても、この五人なら世界が狙える。グラミー賞も手が届くと考えておりまして、〈私生〉ごときにメンバーの可能性を潰させたくないんです」

　塚本がしんみりといった。

「一番ひどい目に遭っているのは最年少のジュンテくんだものね。わたしの推しなんだ。ソウルのご家族にまで迷惑がかかったら、アイドル辞めたくなる気もちもわかるなあ」

　樋口の顔が引き締まった。

「ちょっと席をはずしてもらえないかしら。ふたりだけで話したいことがあるの」

　おれとタカシは顔を見あわせた。センターテーブルのアクリルスタンドをしまって楽屋外の廊下に出る。タカシが低い声でいった。

「マコトなら北極で氷が売れるな」

　池袋の西一番街で五千円のメロンが売れるなら、そんなことはお安い御用だった。


「どうぞ」

　G1のアナウンサー声で、おれたちは楽屋にもどった。席につくと、樋口がメモ用紙を一枚テーブルにおいた。

「これを」

闇のカーニバルという一行とアドレスが書かれていた。

「そのサイトにいって、日韓文化交流というワードで検索して。この半年ほどで急上昇したところよ。そこで〈私生〉はみんな個人情報を買っているの。サンシロだけでなく、いろいろな韓流グループや日本のグループのね。ただし、自分のパソコンではやらないこと。闇サイトだから、どんなおかしなものがついてくるかわからない。〈私生〉はみんな専用のパソコンをつかってるわ」

おれはもうアロイジアのマネージャーの振りをやめた。

「ありがとな。タカシ、渡してやってくれ」

タカシが二組のアクリルスタンドをテーブルにおいた。

「そいつはあんたたちへの情報料だ。それにこいつも」

おれはジャケットの内ポケットから封筒をふたつ抜いた。達筆な筆文字で樋口未希様、塚本妃咲様と書かれていた。芸能事務所には礼状を書く係もいるのだ。

「これはあんたたちの〈私生〉だ。樋口さんはバツイチなんだな。子どもはいない。塚本さんは結婚して、子どももいるが、養育はほぼ近くに住むばあちゃんの家か。住所は確か川崎市高津区」

自分の名前が書かれた封筒を見て、塚本が震えだした。手にはしっかりとジュンテのスタンド。

おれはいった。

「いいか、あんたたちと同じように、おれたちも個人情報を探ることはできる。事務所ではあんたたちが肖像権侵害をして、勝手にグッズ販売をしてる証拠をすでに押さえてるんだ。今後もまだ〈私生〉商売を続けるようなら、あんたたちの家族にすべてを知らせることになる。あるいは誰かの勤務先とかでもいいな」

樋口の女子アナ顔が青くなっている。

「わたしたちを脅しているの？　ネットでバラされると思わない？」

「思わないよ。おたがいに秘密を握りあっている。不可侵の停戦協定を結ぼうって話だ。刑事告訴しないだけ、アロイジアは優しい事務所なんだよ。わかるかな。芸能事務所も怖い筋のところがあるから、次にアイドルの〈私生〉になるなら、よく調べてからのほうがいい」

タカシがにやりと笑って、最後にいった。

「おまえたちは用済みだ。さっさとライブでも観にいってくれ」


牧野社長とリーダーのセイジには、ライブを観ていかないかと誘われたが、おれはＧボーイズのクルマで横浜を後にした。土曜の夜は書き入れ時で、おふくろだけに店をまかせるのはかわいそうだからな。まあ、よく知らないアイドルの曲を二時間聴くのはなかなかしんどいしね。

タカシは帰りの車中で、おれのマネージャー演技をさんざんからかってきたが、おれはあっさりと無視した。まあ誰かの振りをするくらいのことは、うんざりするような自分の人生を生きるよりずっと簡単だ。

西の空が穏やかなオレンジ色に染まり始めた頃、東池袋のデニーズ前で、おれはボルボの最上級ラインのＲＶをおりた。さて、ゼロワンと闇サイト対策を練らなきゃならない。

まったく王様は気楽なものだ。汗をかいて働き、熱が出るほど考えるのは、いつも庶民の仕事。

「G2の個人情報、ありがとな。助かったよ。おれが事務所のマネージャーの振りをして、育児をばあちゃんまかせにしてるといったら、震えてた。まあ、いい気味だけどな」

ガス漏れのようなざらざら声で、ゼロワンは笑った。咳《せき》をしたのかもしれない。

「マコトにもらった闇サイト、すこし調べてみた」

おれはクルマのなかで、アドレスの写真をゼロワンに送っていた。

「また誰にもたどれない軍事用のソフトなのか」

オニオンルーターとかいったかな。おれはそっちの世界には詳しくないから、すべてゼロワンの受け売りだ。

「ああ、闇サイトのほうはネットでは手が出せない。見てみろ。サンシロの分だけ検索しておいた」

デニーズのソファ席におかれた二台のノートパソコンのひとつを、おれのほうに向けた。

日韓文化交流のタイトルの下にはずらりと売りものが並んでいる。

サンシロ・DM　ツイッター裏アカウント
サンシロ・ジュンテ　ソウル生家住所・電話番号
サンシロ・セイジ　中学卒業アルバム　デジタルコピー
サンシロ・Ａｋｉｒａ　レンジローバー　ナンバープレート

サンシロ・流水　研修生時代のダンス映像

「このDMって誰だ?」

ゼロワンにきかれて、おれはこたえた。恥ずかしがっていなかっただろうか。できるだけ平気な顔をしたのだが。

「ダンス・マスター、ジュンテの他のもうひとりの韓国人メンバーだ」

サイトではメンバー全員の個人情報が堂々と売られていた。値段はばらばらで、高いものでも十万程度。ほとんどは二、三万といったところ。ゼロワンが漏らした。

「あれこれと見てみたが、そのサイトではサンシロが稼ぎ頭のようだ。百二十件を超える〈私生〉が売られている。他のグループ分もあわせたら、売上が億に届いてもおれは驚かないな」

おれはついため息をついた。

「ゼロワンにさくっと調べてもらって、このサイトの運営をGボーイズで揺さぶれば、それで一件落着だと思っていたけど、そう簡単にはいかないんだな」

今度は間違いなくゼロワンが笑った。とぎれとぎれの高圧ガス噴射。

「ああ、覚えてるか。オン・ザ・ワイヤーのハッキングがダメなときは、なにをするか?」

以前、ゼロワンに教わった気がする。

「なんだっけ、ソーシャル・ディスタンスでなくて……」

「ソーシャル・ハッキングだ」

英語にするとカッコよくきこえるが、オレオレ詐欺と同じなりすましのことだ。区役所の戸籍係の振りをして、マイナンバーをききだすとかね。昔からあるアナログな手法なら、すべてソーシャル・ハッキングという訳。

「もうクリスマスなのにな、まだまだトラブルは続くのか」

ゼロワンはよほどおれの苦境がうれしいようだった。スキンヘッドをてからせて、にやにやとおれを見て笑っている。

「マコト、アイディア料を上乗せしてもいいか」

かまわないとおれはいった。どうせ牧野社長の財布だ。

「自分でもいっていたのにと、あとで怒るなよ。いいか」

「ああ、おれがゼロワンとの約束を破ったことがあるか」

このデニーズにツインタワー兄弟のラーメン屋から、出前までしてやったのだ。

「わかった。おまえが闇のカーニバルの運営に、サンシロの〈私生〉を売れ。マネージャーの振りをしてな。いい情報源だとわかれば、やつらと会うのは難しくない。同じチームなんだからな」

そういうことか。さすがゼロワンだった。おれと同じくらい悪知恵が回る。自信をなくして、おれはいった。

「確かに自分でいってたな」

「値引きはしないぞ。その代わり、サービスをつけてやる」

テーブルの下にかがみこむと、でかいダッフルバッグを探っている。出てきたのは傷だらけの中古ノートパソコンだった。

「こいつにはオニオンルーターが仕こんである。闇サイトの連絡用につかえ。マコトにくれてやる」
「いいのか」
「ああ、シンセン産のジャンク品だ。アキバで二千五百円。おれが修理した。そいつでやつらを釣りだせ」
「ありがとな、ゼロワン」
おれはずしりと重いパソコンをもって、池袋の反対側に歩いて帰った。ネットの安全な闇のなかに潜《ひそ》むやつらを釣るいい餌を考えなければならない。

その夜はブラームスのセクステットを聴きながら考え続けた。ゼロワンにもらったジャンク・パソコンを開いたままね。ジャンクといってもちゃんと動作するし、闇サイトの閲覧にもメッセージの送信にも問題はなかった。

真夜中を過ぎて、おれの目についたのはサンシロの移動情報だった。グループは冬の全国ツアーの真っ最中。横浜のつぎは週明け水曜の福岡公演だった。前日にゲネプロがあるので移動は月曜だ。

闇のカーニバルではちゃんとメンバーが移動する便の情報が売られていた。こいつをつかえば、うまく信用させることができるかもしれない。新たに登場した有望な個人情報の売り手としてな。

いいアイディアを思いついた夜はいつも、よく眠れるものだ。

なあ、あんただって、そうだよな。

日曜の午前中から、何度も牧野社長と電話でやりとりをする羽目になった。

おれの仕こんだ計画はこうだ。メンバーのふたり（この前のジュンテとセイジでいいだろう）に急用ができたことにして、移動の福岡便を一便急遽《きゅうきょ》遅らせるのだ。一時間違いなので、たいした実害はない。


おれは日曜の夜まで待って、闇のカーニバルに接続し、日韓文化交流のページに飛んだ。

運営に最初に送ったのはたったの一行。

【サンシロ　月曜の福岡便〈私生〉は2／5間違ってる！】


その夜遅くには、日韓文化交流の運営からリターンがあった。

【初めまして、情報提供感謝します。2／5間違っているというのは、どういう意味でしょうか。当サイトの情報商材につきましてはつねに正確を期したいので、ご説明いただけると幸いです。】

やけにしっかりした文章だった。時刻は天辺《てっぺん》を回った、零時十五分。すぐにおれは返信した。

【ていねいにありがとうございます。サンシロの神山静慈と朴宗台は急遽決まった芸能週刊誌の取材で、別の便での移動になりました。これは決定事項です。キャリアと便および座席情報につきましては、新たに売りに出したいと考えています。当方はサンシロ所属事務所の関係者です。今後とも末永いおつきあいのほど、よろしくお願いします。　ＰＳ　ところで〈私生〉を売る場

合、運営サイドの取り分は何パーセントになるのでしょうか。】

　返信はすぐにきた。零時三十五分。

【こちらこそ、よろしくお願いします。サンシロの〈私生〉ならば、どんなものでも大歓迎です。運営と情報提供者の収益分配比率は4対6となります。少々運営側に有利なように見えるかもしれませんが、代金回収率の問題により開始当時の30パーセントから引きあげさせていただいております。ご理解たまわれば幸いです。】

　強気な設定だった。アップストアやユーチューブでも、運営の取り分は高くて30パーセントだ。さすがに裏稼業だけのことはある。それよりおれが驚いたのは、闇サイトの請求を踏み倒す客が10パーセントもいることだった。アイドルファンというのも、なかなかワイルドである。

　続くメールで、おれはセイジとジュンテが乗る飛行機の便と座席を伝えた。深夜一時前には折り返しが届いた。

【パク・ジュンテはサンシロの一番人気で、クレーム処理の対象になるところでした。先発便の〈私生〉を購入したお客様には、推しの有無によって払い戻しを行うことに決定しました。当サイトではなにより信用が一番です。価格は金五万円でよろしいでしょうか。他にも有益な情報がございましたら、ぜひよろしくお願いします。】

　おれには事務所と打ちあわせをした有益な情報が、あと三本あった。福岡の地元メディア取材スケジュール、日曜の熊本公演への移動方法、鹿児島での地元テレビ局のシークレット出演情報だ。最後のネタは番組観覧が先着順なので、熱心なファンにはうれしいことだろう。地方局のスタジオは狭いので、ほんの数メートル先で大好きなメンバーの顔が拝める。

月曜日から水曜日にかけて、おれは順次サンシロメンバーの〈私生〉を闇サイトにリリースしていった。月曜の夜には運営から売上の報告があった。

セイジとジュンテが乗る便の情報を買ったファンは六人。売上は三十万。おれの取り分はメールを数本書いただけで驚きの十八万円だった。誰でも個人情報を売る訳だ。


翌週にかけての三本とあわせると、総売上は七十八万円。六掛けの四十六万八千円が、新マネージャーの儲けになった。一週間でこの利益である。〈私生〉は儲かる。

おれはメールを送った。この頃には、ずいぶんな数のやりとりをしていたので、こちらとしてもすこし情が移っていた。なんというか、運営サイドの人間には裏稼業の暗さや荒っぽさがないのだ。軍用ソフトをつかっている癖に、対応のいい普通のネットショップで売り買いしているような雰囲気。

みなとみらいのライブから一週間後、最後の針を投げた。

【情報代の受け取りですが、当方としましては銀行振込でなく、手渡しを希望します。お恥ずかしい話ですが、ネット・カジノにはまり、悪い筋から借入金をつくってしまいました。通帳が先方に押さえられたため、銀行振込では即座に取り立てにあいます。今後の長いおつきあいを考えますと、おたがいの顔を見ておくのもなにかと有益かと思います。週明け月曜火曜水曜の業務明け午後七時以降なら、どこにでもうかがいます。よろしくご検討ください。】

〈私生〉代金の受け渡しは、クリスマスの週の月曜日、新宿の中央公園に決定した。都庁のすぐ足元に広がる都心ののんびりした公園だ。運営側はふたり。おれはひとりでいくと伝えた。

月曜はあいにくの曇り空。夜七時でも、なんとか雨にならずに済んでいた。おれはＪＲ新宿駅から、黒いスーツでゆったりと歩いた。歳末のターミナルでは、いつものようにクリスマス・ソングがにぎやかだ。ジョージ・マイケルは東京に流れる『ラスト・クリスマス』を雲の上でどんな気分で聴くのだろうか。

おれは約束の七時に水の広場に立った。流れ落ちる水の壁を背に、ぼんやりと周囲を眺める。すこし離れたところにカップルがふた組。Ｇボーイズが水も漏らさぬ勢いで網を張っているはずだが、おれは配置を知らなかった。打ちあわせにも出席していない。きっとどこかにキング・タカシもいるはずだが、場所はさっぱりわからない。

それでいいのだ。おれは芸能事務所の駆けだしマネージャーで、ネット・カジノ中毒の多重債務者に過ぎないのだから。なりすましをするなら、完璧にな。

「アロイジアの方ですか」

向こうから歩いてきた大学生風のふたりの片方が声をかけてきた。いいとこのぼんぼんという感じ。向こうはおれの名前を知らない。おれも向こうの名前は知らない。闇サイトでつながっただけのビジネスパートナーである。うなずいて、おれはいった。

「運営の方ですか」

ひとりはグレイのダウンジャケットにニット帽、もうひとりは今年流行りのワイドシルエットのシングルあわせのコートに、毛布くらいあるんじゃないかというミルク色のマフラーをひざまで垂らしている。マフラーがいった。

「とてもいい商材をいただきました。ありがとうございます。今後とも末永くよろしく。次回からはなるべく直接顔をあわせない形で、受け渡しをしましょう。じゃあ、さしあげて」

隣のニット帽がダウンジャケットの胸ポケットから、三菱ＵＦＪの封筒を抜いた。かなりの厚みがある。差しだされた封筒を受けとった。毎月の給料がこれくらいなら夢のようだ。

そのときスニーカーの砂をこするような足音が四方から迫ってきた。気がつくとおれたちの周囲を八人のＧボーイズの突撃隊が取り巻いていた。公園の広場に放射状に広がる影が、なんだかドラマチック。

運営のふたりは荒事には慣れていないようだった。紙のように顔が白くなっている。マフラーが叫んだ。

「この人たちはそっちが金を借りた街金《まちきん》の人なのか？」

まるで調子はずれの推測だった。タカシが流れ落ちる水さえ凍らせそうな声でいう。

「いいや、〈私生〉の売買で迷惑を受けた事務所の関係者だ。スマートフォンと財布を出せ」

おれはいった。

「素直に出したほうがいい。ここにいるのは人を制圧するのに慣れたガキばかりだ。痛い目に遭うだけ無駄だろ」

マフラーもニット帽もスマートフォンと財布を取りだした。Ｇボーイズは受けとると、財布から身分証明書とカード類を抜いて、金には手をつけずに返した。別なGボーイがスマートフォンとノートパソコンをケーブルでつないだ。顔の前にスマホを向ける。タカシの声は北から吹くビル風。

「情報だけもらっておく」

ニット帽がいった。

「あんたたち、なにをしたいんだ？」

「おまえたちのサイトを潰す。それだけだ」

タカシがそういうと、マフラーが肩を落としていった。

「ぼくたちを潰したところで、また別なサイトが〈私生〉を売るだけだ。熱心なファンがいる限り、それは変わらない」

パソコンをもったGボーイがいった。

「一台データコピー済みました」

おれはいった。

「そのときはまたそのときな。ともかくあんたたちの仲間は、これでおしまいだ。あんたたちはメールでいい感じだったから、アドバイスしておく。金は全部どこかに隠すか、信用できる身内に預けたほうがいい。警察が動くのはすぐだからな」

マフラーとニット帽の顔がさらに白くなった。その場で吐くかとおれが思うくらい。情報を吸いあげたスマートフォンを返すと、キングがいった。

「もう帰っていい。おまえたちの情報はアロイジアに渡す。告訴状を受けとるまでに、身の回りの整理をしておくといい」

学生風のふたりは凍りついたように動かなかった。衝撃がデカすぎたのかもしれない。だが、危ない橋を渡っていれば、いつかはこんな日がやってくるのだ。そいつは遅いか早いかの違いに過ぎない。


新宿中央公園の前にとめられた三台のクルマに分乗して、おれたちは池袋に戻った。タカシはなんだかもの足りなそう。お得意の右のジャブストレートを見せつけられなかったせいかもしれない。だが、賭けてもいいが、さっきのふたり組は人の〈私生〉は売っても、人の顔を思い切り殴ったことはないだろう。最初から、今回はタカシのステージではなかったのだ。

その週のうちに、あのふたりの資料はアロイジアに渡り、牧野社長は事務所のある麻布署に刑事告訴した。それからの顛末《てんまつ》は、あんたもよく知っていることだろう。ふたりの背後には〈私生〉売買の一大ネットワークが控えていた。

マフラーとニット帽が卒業したのは、都内にある偏差値中くらいの大学。そこの仲よし二十人弱が、個人情報を抜くために都心五区の区役所、通信キャリア、旅行代理店などに就職やアルバイトで潜《もぐ》りこんでいたのだ。みな同じダンスサークルのメンバーだったという。そのうちマフラーとその他、七名が国外に逃亡して、国際指名手配を受けている。

この半年間で「日韓文化交流」ページの売上は二億六千万円を超えていたそうだ。闇のアイドル・ビジネスがいかにおいしいかって話。たしかにマフラーのいうとおり、やつらだけ叩いても次の〈私生〉売買サイトが登場することだろう。

それは次々と新たなアイドルが生まれ、世代交代していくのと変わらない。

どんなイケメンも年をとるし、音楽やダンスも変わっていくからな。


東京の大晦日《おおみそか》は極寒の二℃。

おれとタカシはアロイジアが主催するカウントダウン・ライブに招待された。チケットは二枚ずつである。タカシは副官のGボーイ、おれはおふくろといっしょに、長いながいコンサートを関係者席でのんびりと眺めることになった。おふくろは案外サンシロを気にいったようだ。女って、いくつになってもイケメンが好きだよな。

コンサート終了後、おれたちは一番でかい楽屋で開かれた簡単な打ちあげに呼ばれた。ジュンテはおれを見ると、駆け寄ってきて両手で握手をした。スマートフォンを放り投げたのと、同じやつとは思えない。えらく整った顔でいう。

「マコトさん、あのときはすみませんでした。てっきり年下だと思っていたから、失礼な態度ごめんなさい」

そういってフルートグラスをあげると、年長者に失礼にならないように横を向いて、シャンパンをのんだ。なんというか文化の相違。頬にチークを入れて、カラーリップを塗っているので、男の癖にちょっと足元が怪しくなるほどきれいだ。

ジュンテはうちのおふくろといっしょに写真を撮ったのだが、しっかりと右手を腰に回していた。ファンを一瞬で殺すやり口である。

それを見ていたタカシがいった。

「おれとマコトに足りないのは、あれかもしれないな」

おれはなぜか腹が立って、黙ってタカシを無視した。

「見てみろ、おふくろさんが女の顔になってる」

いくら最底辺の庶民でも、いうべきことはちゃんと王様にいわなければならない。

「おい、人のおふくろに猥褻《わいせつ》なこというな」

おれとタカシはそれからシャンパンをがぶ飲みした。今年も新しい一年が始まった。これを読んでるあんたにも、この東の果ての島々にも、シャンパンの泡が細かく弾けるようにうれしいことが、途切れなく続くといいな。酔っ払った頭で、おれはそんなことをぼんやり考えていた。

そしてキングとアイドルに交じり、お開きがくるまでゲームと会話を楽しんで、一年の最初の時間を過ごしたのである。

フェイスタトゥーの男

おれたち、みんなが乗ってる船って、船底がヤバくなってる気がしないか？

アッパーデッキでは大企業や役人たちが、やれＤＸだ、ＳＤＧｓだ、異次元の少子化対策だって、景気のいい話をぶちあげている。だが、船底でひしめきあってるその他大勢にはまったくの無関係。なんのトリクルダウンも、おこぼれもない。

それどころか、湿って腐った船底はどんどん薄っぺらになり、ひとつ間違えば板を踏み抜いて、おれたち三等乗客は暗い海のなかにドボン。そこで待つのは凍りつくような深層水と落ちてきたやつらを餌にする冷酷なサメの群れ。おれの周りでも昨日まで普通に働いていたやつが、いつの間にか姿が見えなくなって、飛んだりするのはよくある話。会社や学校をバックレるくらいならまだいいが、ヤバい裏の仕事に手を出して、気がつくとどこかの拘置所《こうちしょ》にいたなんてケースも街ではありふれた噂だ。

まあ、給料が三十年も上がらないのに、急に物価に火がついて激しいインフレが始まったら、誰の生活だってそりゃあ苦しくなるよな。デフレさえ克服できれば、景気は必ず回復する。政権に近い御用学者はみなそんなことをいって、政府と日銀は札を刷りまくったが、ほんとうに失われた三十年プラスαから抜けだせるかは、もう二、三年見なけりゃわからない。アメリカも中国も景気はあまりよくないみたいだから、望みは薄そうだなとおれは思うけど、お手並み拝見といこう。

そんなことよりおれが気になるのは、やっぱり池袋を歩いているガキどものこのところの荒れぐあい。この街でも船底は限りなく薄くなり、ボーイズの多くが気軽にためらうことなく、合法と違法の境にある薄板を踏み抜き、泥まみれの悪の深海に沈んでいく。オレオレや還付金のような特殊詐欺なんてまだかわいいもの。今ではなんでもありで、押しこみ、恐喝、武装強盗にまで、その辺を歩いている普通のガキが手を出す時代なのだ。最悪の場合、金のありかを吐かせるために八十歳を超える年寄りを情け容赦なく殴りつけたりする。池袋ウエストゲートパークというより、鬼平《おにへい》犯科帳の世界観だよな。濡れ手で粟《あわ》の「急ぎ働き」だ。

今回のおれの話は、板橋区、豊島区、練馬区で三件立て続けに発生した連続強盗団のネタだ。おれとタカシがあの三人組をどうやって潰したのか、ゆっくりと聞いてやってくれ。真夜中のジムでの対決は、久しぶりに手に汗握ったよ。

よい子のみんなにはいっておこう。どんなに金に困っても、船底だけは踏み抜いたらいけないよ。一日あるいはほんの二、三時間で百万ゲットできるなんて、闇サイトの高額バイトには絶対に手を出したらダメだ。そこで待ってるのは、最低賃金をなんとか死守するホワイト店長じゃなく、使いものにならなくなるまで手下をしゃぶりつくす腹の底まで真っ黒な無情のサメ男だからな。

暖冬のあとには、生ぬるい春がやってきた。

ウクライナ戦争のおかげで電気代がバカ上がりしたけれど、助かったのは東京ではエアコンを使わないですむ日が、かなり多かったこと。まあ、コタツがあれば池袋くらいの寒さなんて、余裕だからな。

いつものように西一番街のうちの果物屋で店番をしていると、おふくろがレジの横にあるテレビを見ながら叫んだ。

「なんて、ひどい話だ。八十六歳のおばあちゃんを殴るなんて」

おれは店先で紅《べに》まどんなを積んでいた。きれいなオレンジ色といい香り。

「また、強盗か」

「そうだよ、今度は板橋の富士見町だってさ。かわいそうに鎖骨と肋骨を二本折られたって。とんでもなく悪いやつがいるもんだね」

おれはダウンコートを着て腕組みをしているおふくろに目を上げた。

「うちも気をつけないとな」

おれがいるときならまだいいが、おふくろひとりでは心配だ。鼻で嗤《わら》って、敵がいった。

「だいじょうぶだよ。うちには金なんてないし、コンビニでも襲ったほうがまだましだ。それに池袋駅のすぐそばじゃないか。夜中でもこのあたりには、いつも人がいるよ」

確かにおふくろのいうとおり。明けがたでさえざわざわと誰かがうろついて騒がしいのが、副都心の駅前だった。子どもの頃からここで育っているので、静か過ぎると眠れないくらい。東武デパートの角にある交番まで百メートルもないし、強盗もそこまで間抜けじゃないだろう。

「金がなければ、盗《と》られる心配もなしか。そりゃそうだよな」

おふくろはからからと笑っていった。

「泥棒を怖がらなくちゃいけないくらいの大金を、もってみたいもんだけどねえ」

高級フルーツとはいえ、一個三百五十円の紅まどんなをいくら売っても、大金なんて不可能だった。細く長くが街の小店のルーティンだ。


愛媛産の柑橘《かんきつ》類を積みながら、おれはいう。

「最初が去年の終わりで、練馬区の氷川台《ひかわだい》。年が明けて、豊島区の南長崎。で、今度は富士見町か。なんか、このあたりばかり狙われてるな」

広域というより、地域限定強盗団みたい。

「なにか理由があるのかね。だいたい年寄りしか住んでない、金持ちの家ばかり襲うなんて、なんでそんなことわかるんだろうね。気味が悪いったらないよ」

高校の頃、おれはタカシとオレオレ詐欺のグループに潜入したことがあった。そのあたりの仕組みはわかっていた。

「名簿が売られているんだよ」

おふくろの眉《まゆ》がつりあがる。

「どこのどいつだい？」

おれに怒られても困る。

「名簿屋ってビジネスがあるんだ。役所にも会社にも、銀行や証券会社にも、金に困った不良社員っているだろ。そいつらがこっそりオフィスにある名簿を売りにいくんだ。持ち出し禁止にしてる会社も多いけど、抜け道はいくらでもある。名簿屋はビジネス街の駅前なら、どこにでもあるよ」

おふくろは目と口をおおきく開けた。江戸っ子の正義感ってやつか。

「……それじゃあ」

「ああ、残念だけど、金融機関の名簿には、住所・氏名・年齢だけでなく、持ち家か賃貸か、口座の残高まで書いてあるんだ。最近、不動産を買ったとか、外貨投資でいくら稼いだかなんてのも」

おふくろがあきれて、片足で店の床を蹴った。

「それじゃあ、名簿にのったらおしまいじゃないか。金融機関とおつきあいをしない訳にもいかないんだしさ」

「確かに狙われたら、どうしようもないかも。名簿は必ず漏れるもんだしな」

そして、そのリストをもとに特殊詐欺だの、武装強盗だのをするヤカラは、ビーチの砂やマイクロプラスチックがなくなっても尽きることがない。歌舞伎でも現代でも、台詞は同じ。

その日の午後、おれは東武東上線に乗りこんだ。店が忙しくなる夕方まで、ちょっと休みをもらったのだ。

　めったに乗らない電車なので、ビルやマンションの狭い渓谷を走るのも楽しいものだった。目的地は五つ目のときわ台駅。ちいさな改札を抜けて、常盤台銀座の商店街をぶらつく。肉屋の前ではメンチやコロッケを揚げるいい匂い。茶屋の前ではほうじ茶を炒《い》る、これもいい匂い。商店街って、色と匂いであふれてるよな。

　明るい茶色のタイル張りのマンションの一階に、その店はあった。「アメリカン・ヴィンテージ　3rd STREET」。おれとタカシと同じ工業高校卒で、元Ｇボーイズのダチがやっている古着屋だ。

　海外の酒場にあるような重い木の扉を押して店に入った。なんでもシカゴでほんとうにスポーツバーで使用されていたものだという。奥のレジカウンターには、店長の顔が見えた。ロングのカーリーヘアに、カウボーイのような長いもみあげをはやした徳永高志《とくながこうし》。こいつは高校の頃バリバリのアイヴィールックだったんだけどな。今は完全に七〇年代のアメリカンロックのバンドマンみたい。ＣＳＮ＆Ｙとか初期イーグルスあたりのね。

「よう早いな。マコトひとりで、タカシはこないのか」

　肩をすくめて、おれはいった。

「キングは古着はお気に召さないのさ」

オリジナルの長袖Tシャツを着たコウシがカウンターから出てきた。

「まったくあいつは頭が固いんだ。今は古着じゃなくてヴィンテージ。ブランドのぺらぺらな新作より、ずっといかしてるんだけどな」

おれは店内を見渡した。ラックにはジーンズやTシャツがぎっしり。壁一面にハンガーが下がり、レザーのライダーズやムートンコート、袖が革になったスタジアムジャンパーなんかが、カラフルな壁紙になっている。

コウシの店では冬のバーゲンで売れ残った商品を、さらにもう一段値下げしてファイナルセールを開催するのだ。週末から始まるそのセールの直前に、おれはこの古着屋にきたという訳。おれはいった。

「まあ、おれよりタカシのほうが池袋のガキには宣伝効果が高いもんな」

店長は商売人の顔をする。

「キングでなくとも人気のあるイケメンの副官とかに、うちの商品を着てもらえないかな。マコトのほうから口をきいてくれよ」

「わかった、そのうちな」

おれはあまり気がすすまなかったが、いちおううなずいておいた。コウシにはいつもよくしてもらっているのだ。

「今年のオススメは?」

「こっちに用意してある。きてくれ」

フロアの真んなかにある八人はコース料理がたべられそうなテーブルには、おれのためにコウシが取り置きしてくれた服が、ファッション雑誌のグラビアページみたいに並んでいた。

黒いムートンのジャケット、太うねの濃いグレイのコーデュロイパンツ、ボーダー柄のダッフルコートはちょっとメキシコ風、あとは最近人気の変わった編みこみのダッドセーター。

「なんだこのサンタクロース柄、十二月しか着られないじゃないか」

サングラスをして、葉巻をくわえたちょいワルサンタが、テキーラの瓶を掲げている。

「今はこれみよがしのお洒落より、こういうちょっとダサいのが気分なんだよ。サンタが嫌なら……そうだ、ジュンペイ、奥からオオカミのセーターもってきてくれ、先週届いたやつ」

「はい」

ダンボール箱にぱんぱんに詰まったTシャツを、ラック下段に並べていたガキが立ちあがった。コウシと同じこの店のオリジナルTを着ている。返事はいい。小柄ですばしっこそう。

「へえ、新しいバイト？」

「うん、前のやつが急に飛んでさ。ネット・カジノでかなりの借金をこさえてたらしい」

「よくある話だな」

「ああ、ジュンペイは真面目だから、長続きしてくれるといいんだが」

アルバイトが胸にセーターを抱えて、バックヤードから戻ってきた。

「お待たせしました。こちらがオオカミので、もうひとつ別な柄を」

緑の地に茶色のオオカミ柄のセーターをテーブルに広げた。うーん、悪くないけどイマイチ。ジュンペイは空気を読むのが得意なようだった。おれの顔色を見て、つぎの一枚を広げる。こちらは青地にグレイのエレファント柄。

「あー、断然こっちのがいいな。ゾウのほう、もらうよ」

コウシが頭をかいた。

「気が利き過ぎるのも考えもんだな。その青いセーター、おれが自分で着ようと思ってたのに」

おれはジュンペイに親指を立てた。ナイス・セレクト。

「うちは西一番街で果物屋やってるんだ。近くにきたら、顔出せよ。お土産にフルーツやるから。名前は……」

ジュンペイはカーペンターパンツの横で手をふいて、おれのほうに差しだした。なんだかおどおどしている感じ。人づきあいが苦手なのかな。最近、自己評価がやけに低いやつっているよな。

「知ってます。真島誠さんですよね。店長からも聞いてますし、このあたりじゃあ活躍が有名ですから」

若い女には理解されなくても、センスのいい男子にはちゃんと支持されるのだ。おれはいい気分でいった。

「青いセーターと他のも全部もらうから。適当に紙袋に突っこんでくれ」

この古着屋では、一万円以上の買いものをすると店長みずから淹《い》れてくれるコーヒーが漏れなく提供される。おれはレジカウンターのスツールに腰かけた。

「そういえば、昨日強盗があった富士見町って、ここの近くだよな」

「ああ、あの事件な。うちにも警察の聞きこみがきたよ。なんなんだろうな、八十六のばあさんの骨を折るなんて。人のやることじゃないな」

おれはコーヒーの香りを吸いこんだ。のみものにはいろんな匂いがあるけど、ウイスキーとコーヒーは格別だよな。

「まったくな。うちのおふくろも腹を立ててた。金のありかを吐かせるために、ばあちゃんを殴るなんて、頭がいかれてるんだ。どんなやつだか、顔を見てみたいな」

ジュンペイが足音を立てずにやってきた。やっぱり挙動不審気味。

「店長、品出し終わりました。つぎはどうしますか」

「おーおつかれ、ジュンペイもコーヒーのむか」

小柄なバイトは下を向いた。靴は真っ白なナイキのエア・フォース・ワン。古着屋で働くくらいなので、お洒落が好きなのだろう。

「ありがとうございます。でも、ぼくはコーヒーのめなくて」

おれは横から口をはさんだ。

「ジュンペイって、今いくつ？」

「二十一です」

「そっか、だったらさ、ミルクと砂糖たっぷり入れて、半分くらいのんでみたら。なんでも挑戦だし、今夜くらい眠れなくても死にはしないだろ」

おれがそういうと、コウシがすぐにカップを用意した。ネルドリップの本格コーヒーにブラウンシュガーの角砂糖二個とミルクたっぷり。

「はいはい、座って」

おれの隣のスツールにジュンペイが座った。肉厚のカップに口をつけていう。

「あれ、うまいっす。カフェのコーヒーはダメだけど、店長のならのめるかも」

「そうだろ、そうだろ。豆も挽《ひ》いたばかりだからな」

おれはコウシを笑って見ていた。年下のバイトになにかをちょいと教えるのが楽しい。おれたちはいつの間にか、そういう年になっていたのだ。おれはいった。

「いいバイトが入ってよかったな」

コウシが自分のコーヒーカップをあげて、ジュンペイに乾杯を求めた。厚い陶器の鈍い音。

「急に飛んだりしないでくれ。おまえがその気なら、正社員の道も考えておくからな」

おれはそのとき古着屋のカウンターで空気が変わるのを感じた。ジュンペイが真剣になり、目つきが変わった。というより、目が急に光を失くして暗くなったのだ。炭の欠片《かけら》でもはめこんだみたいに。ジュンペイは絞りだすようにいう。

「……おれなんかに、ありがとうございます」

バイトの様子に気づかないコウシがふざけていった。

「おいおい、マジすぎだろ。いつか 3rd STREET の二号店を出すとき、店長候補が欲しいなと思ってただけだ」

同じ年なのに二軒目の出店を考えているのか。大差をつけられた気がして悔しい。おれはいった。

「もう資金の手当てはついてるのか」

「ないない。資金もそんなにないし、どうせまた銀行から融資だよ。いつか、うんと遠い未来の話だ。マコトは毎年セールにきてくれよ。プロパーで買えとはいわないから」

貧乏な店番の財布をよくわかっている。今回おれが買った服も仕入れ値ときっととんとんの値づけだろう。

「ああ、必ずきてやるよ。でも、ジュンペイの二号店が池袋にできたら、そっちのほうにいく」

「マコト、ひでえな。おな高なのに裏切るのか。タカシにいいつけるぞ」

それからしばらく昼下がりの古着屋は、おれたちの思い出話で笑い声に包まれた。


おれは買った服は割とすぐに袖をとおすほうだ。

その日の夕方、早速青いゾウのセーターとムートンジャケットを着て、店に立った。まあエプロンをしてしまうので、グレイのゾウの編みこみはほとんど見えなかったけどね。春の日ざしがだいぶ傾いた午後四時過ぎ、めずらしい客があった。

ぺらぺらのナイロンコートに、ひざの抜けたドブネズミ色のスーツ。額はさらに広くなってきたようだ。池袋署生活安全課の万年ヒラ刑事、吉岡《よしおか》だった。

「おう、マコト、元気にやってるか」

店先に立って、奥のほうを覗いている。人のおふくろを狙うエロ刑事。

「まあな。あんたもそろそろコート買い換えたほうがいいんじゃないか。そいつ十年以上同じだろ」

吉岡は露骨に嫌な顔をした。

「うるせえな。こいつが目立たなくていいんだよ」

そこでおれはコウシの古着屋を思いだした。

「知りあいの店で、あんたに似あうコート探してやろうか。おれが口を利けば、ほぼ卸値で買えるんだ」

おれのほうで十パーセントくらい手数料を乗せるのもいいな。それでも普通の店の半額以下は間違いない。

「そいつは悪くないな。おふくろさん、いるか」

ずいぶんストレートな台詞だった。いつもの吉岡らしくない。プロポーズでもする気か。しかたないので、おれはライン通話で二階で韓流ドラマを観ながら休んでいるおふくろを呼んでやった。

これで手数料は二割に決定。

「あら、ごくろうさま、吉岡さん」

おれにはしたことがない刑事ドラマみたいな敬礼をして、ヒラ刑事はいった。

「例の連続強盗団の件で、聞きこみと注意喚起に回ってるんです。最近、怪しい電話はありませんでしたか。とくに警察の名をかたって、カードや銀行口座について、聞いてくるんですが」

　おふくろがレジ袋に手近なフルーツを入れながらいった。

「うちには盗られる金なんてないですよ。電話もかかってきてません。今日はうちで何軒目なんですか」

　吉岡はため息をついた。

「二十七軒目。来週までずっと聞きこみで、うんざりです」

　おふくろはずしりと重いレジ袋を吉岡に差しだした。

「いや、そういうのはお気もちだけで。警察官として受けとれません」

「吉岡さんにでなく、課のみなさんへの差しいれですよ。署長さんにもあげてください」

横山礼一郎《よこやまれいいちろう》警視正は池袋署の署長で、いろいろとおれも世話になっている。まあ、おれが世話したことのほうが多いけどな。おれは近くの紅まどんなをひとつ、レジ袋に落とした。

「こいつはおれからだって、礼にいにいっといてくれ」

「まったくしょうがねえな……では、ありがたく頂戴します」

　そういう吉岡の顔には笑みが浮かんでいる。おれも笑った。頭が薄いヒラ刑事で、いつも安ものコートを着ていても、こいつはこの街で尊敬できる数すくない大人のひとりだ。

「そういえばマコト、おまえのほうになにか情報が入ってないか。今回の強盗団はたぶん二十代のガキなんだ。それも前半だって目撃証言がある」

　押しこみ強盗に入られた年寄りの話か。

「顔とか、身長とかは、わからないのか」

「ここからはオフレコ情報だ。人に漏らすなよ。池袋署へのおまえの貢献を評価して流すんだからな。強盗団は全員黒の目だし帽をかぶっていて顔はわからない。三人組のうち、ひとりは中肉中背。ひとりは小柄。もうひとりは百八十を超える長身で、目だし帽から覗く首筋に紺のタトゥーが入っていたそうだ」

大中小のトリオで、大の首筋にタトゥー。簡単に見つかりそうだが、東京は広いのかもしれない。警視庁も今のところお手上げだ。首にタトゥーをいれたやつなんて、最近じゃあけっこういるしな。

「墨《すみ》の柄は？」

「わからない。証人によって違うんだ。だが、ワンポイントなんてもんじゃなく、首をとりまくようにびっしりと入っていたらしい」

紺のタートルネックみたいなタトゥー。おれは頭に焼きつけた。

「で、おまえのほうの情報はどうなんだ？」

「今のところ、なにもないよ」

吉岡は低姿勢でいった。

「その、なんだ、マコトだけでなく、タカシのチームの情報網から、なにか探れないか。やつのところは警察より早いことがあるからな。独特のネットワークがあるしな。おまえから口を利いてもらえないか。親友なんだろ」

おれとタカシの関係を考えた。おたがいヤバい情報を握っていて、警察にさせば、どちらもすぐに檻《おり》のなかにぶちこまれそうだ。Gボーイズもおれも法律違反すれすれの決断をしなければならないことが何度もあった。いわゆる親友とか友達とか、そんな単純な仲じゃない気がする。分身とかパートナーとか兄弟に近いような。

　おふくろが横から口添えする。

「吉岡さんのいうとおりだよ。タカシくんを動かして、強盗団を捕まえておくれよ。わたしはこの街でお年寄りが殴られて、金を盗られるなんて、もう二度と見たくないんだ」

　もみ手をしそうな勢いで、ヒラ刑事がいった。

「いや、まったくお母様は正しい。マコト、頼んだぞ。タカシによろしくな。またラーメンおごってやるから」

　荒れていた高校時代から、吉岡には何度ラーメンをおごられたことか。少年課にいた頃の吉岡はまだ髪が豊かだった。

「わかったよ。おれのほうでも探ってみる。Gボーイズにも話はとおしておく。でも、あんまり期待しないでくれ。この手の事件がそう簡単にいくはずがないんだから」

　あまり期待させるのは酷だったので、釘だけ刺しておいたが、間違っていたのは、実はおれのほう。まあ、予想外の展開って、いつだってあるよな。

　吉岡がつぎの聞きこみにいってしまったので、おれは店先のガードレールに腰を乗せて、スマートフォンを抜いた。池袋の空一面の夕焼けのなか、タカシの番号を選ぶ。とりつぎが出て、すぐにキングに代わった。

「今日、めずらしいやつにふたり会った」

東京の初雪みたいな淡い無関心な声。

「ふーん、誰だ？」

「古着屋のコウシと生活安全課の吉岡」

スマートフォンの向こう側は完全な静寂。

「タカシ、息してるか？」

「いつもいってるが、すぐ用件を話せ。マコトほどこっちは暇じゃない」

気の毒な王様。タカシはおれの百倍の案件を持ちこまれて、そいつをさばかなきゃならない。この街のガキが生きてるジャングルの警察官で裁判官で執行官でもある。

「コウシはおまえにやつの店のヴィンテージを着て欲しいそうだ。吉岡は連続強盗団の情報を探るために、Gボーイズのネットワークを動かして欲しいってさ」

瞬時にフリーズドライの乾いた返事がかえってくる。

「最初のは却下。吉岡の案件は受けよう。他に情報はあるか」

さすが池袋のキング。頭のいいやつ相手だと話が早くて気もちいいよな。おれは三人組の情報とタトゥーの話をしてやった。

「二十代のトリオで、体型は大中小。でかいやつの首に墨か。わかった。豊島区、板橋区、練馬区のGボーイズに探させてみる」

確かに警察よりもGボーイズのほうが、たどり着くのは早いかもしれない。最近急に羽振りがよくなった三人組で、ひとりは首をとり巻く紺のタトゥー。刑事がいくら聞きこみをしても困難だ。蛇の道はヘビ。ガキの悪さはガキに聞け。

「そうだ、吉岡がおれたちにまたラーメンおごってくれるってさ」

おれとタカシはどちらもシングルマザーの家庭で、高校の頃はいつも腹を空《す》かせていた。吉岡とたべるラーメンは貴重な栄養源だったのだ。タカシは大陸から南下する冬の低気圧みたいにクールだ。

「そいつもパスだ。やっと接点を持つのは、マコトだけでいい。また明日電話してこい。調べておく」

今度ふたりで古着屋にいこうという前に、ガチャ切りされた。またガキの裁判か陳情の途中だったのだろうか。多忙極まるキング。腹が立つというよりあきれて、おれは東武デパートの上の鮮やかな夕焼けを見あげていた。


いわれたとおり二十四時間後、タカシに電話を入れた。

東京の春の空はまたも夕焼け。こうして毎日を繰り返していると、歴史とか人類の進歩とか、腹の底から疑わしくなるよな。おれたちはなにも変わらないし、別にすすんだりもしない。ただ日々を飽きるほど、繰り返すだけ。

おれは前日と同じガードレールの同じ場所に腰かけて、キングを呼びだした。挨拶もなくいきなり報告が始まった。

「三人組でヤバそうなやつらは、豊島区三、板橋区二、練馬区二の七件。その七件ではメンバーの誰かの首筋にタトゥーが入っている」

驚いた。警視庁でもこれほどの早さと精度で情報を集めるのは不可能だろう。

「背の高さは？」

「そこはまだ探りを入れている最中だ。だが、さっきの七件では、ほぼ条件を満たしてるようだ。年齢も、身長も、首のタトゥーもな」

おれは吉岡の顔を思い浮かべた。きっとこの七件の情報だけでも表彰ものだろう。

「どうする、警察に渡すか。吉岡のおっさんも喜ぶと思うぞ」

ゆっくりと凍らせた氷のように澄んだ声が戻ってくる。

「いいや、もうすこしこちらで絞らせて欲しい。その七件はどいつも危ない橋を渡ってるやつらで、変に嗅ぎまわるとすぐ飛んでしまいそうだ」

危険な違法行為に関わっている三人組の二十代が、池袋近辺でも七組もいるのだ。おれたちの乗ってる船は、ほんとうにだいじょうぶなのだろうか。

「わかった。じゃあ、絞りこみはGボーイズにまかせる」

「ああ、毎日この時間に電話しろ。こちらもなにか進展があったら、かける」

さすがに池袋のキングだった。

「じゃあ、全部終わったら……」

コウシの古着屋にいこうといいかけたところで、通話を切られた。

庶民の気もちがわからない王様なんて最低である。

その夜、十二時すこし前だった。

風呂あがり布団に寝そべりながら、スマートフォンで海外サッカーのハイライトを眺めていると、突然着信音が鳴った。コウシからだ。

「……マコトか……まずいことになった……ほんとにでたらめにヤバいんだ」

声が震えている。

「どうした、店が潰れそうなのか」

「そんなんじゃない。おれでも店でもなくて……その、なんだ……」

リヴァプールとブライトンの最後の五分を中断して、おれは話していた。キングのような気分になる。

「いいたくないなら、切るぞ。さっさと用件を話してくれ」

「……おれでなく、ジュンペイのことなんだ」

アルバイトの名前を出すと、スマートフォンの向こうの空気が変わった。コウシは一気にいう。

「ジュンペイが連続強盗団の運転手役と監視役だった」

おれは布団の上で、跳ね起きた。リヴァプールのＧＫだって、こんな速さは無理なくらい。

「本人から聞いたのか？」

「そうだ。なにかずっと暗いし挙動不審だから、店を閉めてから聞いてみたんだ。そうしたら、とんでもない爆弾発言しやがった。小学校時代からつるんでる二人組がいて、そいつらと三件の強盗をしちまった。あいつ、あんな大人しそうな顔して、そういうんだ」

　今度深呼吸をするのは、おれのほう。手が震えだしそうだ。

「ジュンペイはなんで今頃になって、コウシにそんなこと話したんだ？」

「怖くなったんだそうだ」

　なにをいっているのか、わからなかった。

「怖い？」

「ああ、最初の二件は金を盗って、年寄りを縛りあげただけだろ。ケガ人はいなかった」

　結束バンドで後ろ手に縛り、口をガムテープで封じる。確かに目立った怪我《けが》は誰もしていない。どちらも数百万を奪われはしたが。

「そうだな」

「でも、最後のやつは違う。ジュンペイがいうには、その回は現金だけでなく、銀行のキャッシュカードまで盗ったんだ。なんでも残高は二千万以上あったらしい。それで、突入役のふたりはばあさんを殴って、暗証番号を無理やり聞きだした」

　ため息が出る。八十六の曾孫《ひまご》がいる年寄りを殴れるなんて、普通の神経じゃない。

「で、そいつらは帰りのクルマのなかで、笑ってたらしい。こんなことやってて、いつか誰か殺しちゃったら、おれたちみんな死刑だなって。それでジュンペイは骨の髄《ずい》まで怖くなったらしい」

　まったく冗談じゃない。強盗殺人の刑罰は、死刑か無期懲役に決まっている。もしそんな凶悪犯罪を犯したら、首をくくられるか、死ぬまで塀の向こうに閉じこめられるしかないのだ。ゾウの青いセーターをおれに控えめにすすめてくるジュンペイの気弱な笑顔を思いだした。

「まずいな。ジュンペイはどうしてる？」

「さっき帰らせた。近いうちに、おれがつきそって池袋署に自首させようと思ってる。あいつ、西池袋に住んでるんだ。で、相談なんだが、そのときマコトもつきあってくれないか。おまえ、なにかとあそこの警察署で顔が利くんだろ」

自慢じゃないが工業高校時代から、池袋署にいった回数は二十ではきかないだろう。キャリアの署長ともサンシャイン通り内戦《シヴィルウォー》以来、さしで酒がのめる仲だ。

「わかった。おれもいくよ。でも、すこしだけジュンペイに身の回りを整理する時間をやろう。きっと何年も戻ってはこれないからな」

そのときコウシがいきなり吠《ほ》えた。腹の底からの嘆きの声。

「くそーっ、おれたちの国はどうなってるんだ。ジュンペイみたいなガキが、なんで年寄りを殴りつける強盗団なんかに入らなきゃいけないんだよ。いつから、日本も東京もこんなに壊れちまったんだ。ふざけんじゃねーぞ」

胸の奥を汚いナイフでえぐられたようだった。おれも腹が立ってたまらない。

「ああ、おまえの気もちはわかるよ。ほんと、おれたちの国って、どうしちまったのかなあ。国が貧乏になるって、こういうことなのかな」

若者の目から光と明日への希望がすっかり消え失せた。だが、文句ばかりいっていても始まらない。

「ジュンペイの情報は、おれのところで止めておく。なにかおかしなことがあったら、すぐ知らせてくれ。あいつを守ってやらなきゃな」

「頼むぞ、マコト。ああ、おれたちでジュンペイをできる限り守ってやろう。だって、あいつ昨日コーヒーがのめるようになったばかりだもんな」

コウシが引きつるように泣きだした。おれは春の雨のような泣き声を十五分ばかり聞いて、静かに通話を終えた。

秘密を胸に抱えて生活するって、息苦しいよな。

おれはキング・タカシにも、生活安全課の吉岡にも、おふくろにさえ、ジュンペイの秘密を漏らさずに、店番をしていた。なんというかいつはじけるかわからない爆弾を胸の奥に抱えて暮らす感じだ。あんたにはあんまりおすすめしないよ。

おれが常連さんに王林《おうりん》を三個売っていると、西一番街の先に見慣れたカーリーヘアが見えた。3rd STREETのTシャツに茶色のスエードのロングコート。胸と裾にはカウボーイなフリンジつき。

おれはコウシがおふくろに見つかるのが嫌で、すぐに声をかけた。

「悪い、資料を探しに本屋にいくんだ。もうすぐ締切でさ」

エプロンを丸めて、レジの下に放りこむ。おれは三軒ばかり先で待つコウシのところに、絶対に速足にならないように歩いていった。

おれたちが入ったのはロマンス通りにある古い純喫茶。この店にくるのは年寄りと営業回りをさぼった会社員だけ。若い女とオスガキはまずこない安全なカフェだ。銅のカップになみなみと注がれたアイスコーヒーをのむと、コウシはいった。

「おー、ここのコーヒーうまいな。やっとものの味がわかるようになった」

おれもひと口のんでみる。すごく濃くて苦いストロングなやつ。

「めしくってても味がわからなかったのか」

「ああ、ジュンペイの話を聞いてからは、食欲もないし、味もわからなかった」

確かにコウシの顔を見ると、目がくぼんで、頬が削《そ》げたように締まっている。

「あんまり動き回るのはよくないぞ。電話でいいのに、どうして池袋にきたんだ？」

古着屋の店長はテーブルに額がつくほど頭を下げた。

「すまん、マコト。あれからジュンペイと電話して、実行犯のふたりの情報を聞きだしたんだ。それでおれまで怖くなってさ。じっとしていられなくなって、ここまできちまった」

「店のほうは？」

「臨時休業」

「そいつはよくないな」

もし仲間がジュンペイのバイト先を知っていて、店先にいきなり臨時休業の札が下がっていたら、なにかが起きたと感じとるだろう。悪いことをするやつは危機察知の嗅覚がえらく鋭い。

「で、ジュンペイの仲間って誰なんだ？」

コウシはスマートフォンをスエードのコートから抜いた。

「おまえだって、聞いたら驚くぞ」

「まさかおれが知ってるやつか？」

「たぶんな」

何度か操作してユーチューブを開く。検索ワードはコロッセオ。異種格闘家や街のケンカ自慢を集めて、キックボクシング・ルールで戦わせる新興の人気団体だった。コウシが動画を選んだ。

「こいつだ。長谷川《はせがわ》虎王《こおう》二十二歳、ライトヘビー級。最近めきめき名を上げてるライジングスターだ」

ライトヘビー級の体重は七十九キロとすこし。中年太りのおっさんの八十キロではない。体脂肪率がひと桁台前半の七十九である。鋼の肉体だ。

「見てくれ」

コウシがおれのほうにスマートフォンを回した。最初に目に飛びこんだのは、ビルドアップされた筋肉質な全身を埋め尽くすタトゥーだった。プロボクシングではタトゥー禁止だが、コロッセオではとくに問題はない。だが、コオウの墨は異常だった。タートルネックのように首の周りを埋めるだけでなく、紺のギザギザの稲妻や三角やストライプが顔中を埋め尽くしている。

「首だけでなく、顔全部に墨入りか」

「ああ、コオウは強いし人気もすごいらしい」

人並みの日常生活を完全に捨てなきゃ、フェイスタトゥーは入れられなかった。プールも銭湯もホテルも、世界中のパスポートコントロールも容易にはとおしてくれないだろう。

「いっちまってるな」

　普通の世界で自分がどう見られるかを、いっさい忖度《そんたく》しない怪物。

　おれは自分が相手にしているのが、どういう人間か、そのときようやく理解した。


「このコオウが主犯格だと、ジュンペイがいっていた。年寄りを殴ったのは、主にこいつらしい。死刑の話をして笑っていたのも、コオウだ。で、もうひとりが」

　コウシはスマートフォンを手にとって、メモのフォルダーを開いた。

「えーっと、マコトがいってた中肉中背のやつが、河野《こうの》友幸《ともゆき》二十二歳。こいつが半グレと接点があって、名簿を手に入れたりしていたらしい。コオウの副官だな。突入はふたりがやって、ジュンペイが監視役と逃走車両のドライバー役というのは、この前話したよな」

　なるほど、三人組の姿がようやくきちんとフォーカスしてきた。しかし地下格闘技で売り出し中のキックボクサーが強盗団の主犯か。スポーツのルールはどこにいったのだろう。

「ちょっとスマホを貸してくれ。さっきのコオウの動画見せてくれないか」


　それから池袋ロマンス通りにある時代遅れの純喫茶のガラステーブルの上で、おれたちは長谷川コオウの試合をふたつ観戦した。半分アマチュアなので、試合時間は三分二ラウンドと短い。

コオウは長いリーチを生かした左のジャブと打ち下ろしのオーバーハンドの右が得意なようだ。最初の試合では、それで相手をノックアウトしている。くるぶしまでタトゥーが入ってはいるが、脚は細く、あまりキックは得意ではないようだ。

戦法はとにかくプレッシャーをかけて前に出て、パンチの距離に入り、打ちあいに持ちこむ。あとは力まかせの右のオーバーハンドが当たるのを待って、ブンブン振りまわし続けるシンプルな作戦だった。

「ふーん、こいつかあ」

おれは凶暴な異世界の戦士のようなコオウのフェイスタトゥーを見ながら考えていた。ライトヘビー級なら、タカシとは二階級くらいの差がある。ボクシングではひとクラス上なだけで、ボディサイズもパンチの威力も段違いの差があるという。

コオウとタカシの直接対決だけは避けなければいけない。

おれはそう胸に刻んで、純喫茶を離れた。


興奮はしていたが、おれの心は静かなものだった。

あとはジュンペイが池袋署に自首しにいくとき、コウシといっしょにつきそうだけでいい。吉岡と礼にいへの連絡は、そのすこし前でいいだろう。そうすれば吉岡に点がつくし、一階の受付でもめずに、すぐに取調室にとおしてくれるはずだ。

今回のトラブルは、これにて決着。

おれはそんなふうに気楽に決めこんで、その夜マーラーの交響曲第三番を布団に寝転がって足を組んで聴いていた。世界最長のシンフォニーなんていわれてるけど、そんなにむずかしい曲じゃないよ。誰もいない小道を夏の朝気軽に散歩してるような爽《さわ》やかな時間があちこちにある。作曲したのが三十代なかばなので、マーラーも希望にあふれていたんだろうな。このすこし前に、弟がピストル自殺してるんだけどね。

けれど、事態はそこで急展開したのだ。ドラマチックな交響曲よりも、何倍も素早く、しかも悪い方向に。まったく高をくくると、ろくなことがないよな。

おれがたたき起こされたのは、真夜中の電話。

コウシからだった。真っ暗な部屋で、悲鳴のような声が耳元に響く。

「ヤバい、もう終わりだ」

すぐにパニックになるやつっているよな。おれは声を抑えていった。

「なんだよ、コウシ。落ち着け。どうしたんだ？」

「ジュンペイがやつらに捕まった。拷問《ごうもん》を受けて、おれのことを吐いたらしい」

寝ぼけていた頭が一気に覚めた。おれは着替えを枕元に探した。もう一刻も猶予《ゆうよ》はないだろう。

「それで、どういう状況なんだ？」

店長の声が震えていた。

「コオウからさっき電話があった。やつが普段使ってる常盤台のスポーツ・ジム『プラチナム』

に、ジュンペイは監禁されている。やつの命を助けたかったら、おれもこいといわれたんだ」

おれの頭が高速回転を始めた。どうすればいいのだろう。警察への通報という手もあるが、ばれたらジュンペイがほんとうに殺されてしまうかもしれない。コオウたちも追い詰められている。手負いの虎だ。

「どうしたらいいんだ、マコト。いったほうがいいのかな。それともいったら、おれもジュンペイといっしょに消されちまうのかな」

おれは頭のなかで、いくつかの筋書きを組み立ててはばらし、また組み立て直していた。自分自身を納得させるように口にしてみる。

「ジュンペイがまだ生きてるなら、コウシを消すようなことはしないと思う。それなら、そっちに電話なんてしないだろう。ジュンペイの遺体を片づけてから、コウシをさらってしまえばいいんだからな」

コウシがスマホの向こうで震えあがった。

「マコト、恐ろしいこというな。でも、確かにそのほうが、やつらにとっても安全だな。おれを呼びつけて、どうするつもりなんだろう」

気がつけばいっていた。

「消すまではしないけど、徹底的に心を折るようなリンチを考えてるんじゃないか。やつらに二度と逆らえないように」

おれの頭のなかにも、その手の方法がいくつか浮かんだ。電気や水やロープ、新聞紙やボールペンや雑巾《ぞうきん》なんかでもいい。古今の拷問法は趣味の悪い本何冊かにきれいにまとめられている。

「じゃあ、ジムにいったら、おれはアウトじゃないか。でも、いかなきゃ……」

「ジュンペイの命が危ないかもしれない」

生命の危機が切迫すると呼吸が浅くなるというのは真実だった。コウシはラマーズ法のような息をしている。絞りだすようにいった。

「もうおれたちじゃあ、無理だ。手に負えない。警察に通報して、全部まかせよう」

「それはおれも真っ先に考えたよ。だけど相手が警察だと、コオウたちは自暴自棄にならないか。ジュンペイにその場で手を下すかもしれない」

コウシの呼吸はもう出産直前の調子。

「なんだよ、それ。おれたち詰んでるじゃないか。いったいどうすればいいんだよ」

おれはしかたなくいった。勇気があるなんて勘違いしないでくれ。

「おれもコウシといっしょにいく」

相手が無言なので、続けていった。

「おれもコオウの話を聞いてるしな。ジュンペイと面識もある。やつらだって、いくらふたりがかりでも三人の人間を簡単に消せるなんて思わないだろ。後の処理だって大変だ」

コウシがしばらく息を止めていた。感動しているのか、こいつ。

「マコト、ほんとにありがとな。おまえ、すごいな。じゃあ、おれたちはふたりで、コオウの拷問に耐えるってことになるのか。あーおっかないな。おれ、血を見るの嫌だよ」

おれだって、そんなのは嫌だった。

「そうはならないように、おれのほうで保険を打つ。コオウには何時にくるようにいわれたんだ？」

「深夜一時」

「ちょっと待っててくれ。もし、やつから電話がきたら、なるべく時間を稼いで欲しい」

今から一時間か二時間後には、すべてが片づいている。最悪の場合、ジュンペイは殺され、コオウたちは無事に逃げのびる。おれとコウシは自分の血に溺れているかもしれない。だが、そんなことを絶対許す訳にはいかなかった。


おれは着替えながら、電話をかけた。タカシはワンコールですぐに出る。

「悪い、寝てたか？」

「いいや、起きていた」

真夜中でもクールな王様。

「ほんとのほんとの緊急事態だ。いいか、よく聞いてくれ」

「おれに念押しは不要だ。話せ」

「常盤台銀座のスポーツ・ジムに連続強盗団の三人がいる。主犯はコロッセオのライトヘビー級長谷川虎王」

キングの興味を引いたようだ。スマホの向こうで温度が絶対零度から数度あがった。

「あの刺青《いれずみ》男か」

「やつらは仲間割れをして、ドライバー役のガキを痛めつけている。運の悪いことに、そのガキは最近コウシの古着屋にバイトで入ったんだ。この前の押しこみで年寄りに怪我をさせて、バイトのガキは怖くなったらしい。コウシにすべてを話して、近いうちに自首することになっていた。そのときはおれもつきそいとして、池袋署にいく予定だった」

しばらくキングの息が聞こえなくなった。おかんむりのようだ。気配が消える。タカシの声はまた絶対零度に戻っていた。

「そんな話は、ひと言もおまえから報告を受けていない」

痛いところを突かれた。だが、キング相手でも負ける訳にはいかない。おれも拷問は嫌だ。

「すまない。だが、タカシにネタを流せば、Gボーイズのどこから情報が漏れるかわからなかった。すこしでも波風が立てば、コオウたちはすぐに飛ぶだろう。おれたちは二度と手を出せなくなる」

タイ、フィリピン、マレーシア、ヴェトナム。どこにでも飛べるし、そこでまた別な犯罪に手を染めるようになるのだろう。船底を踏み抜いたサメ人間だからな。

「なるほど、理解した。で、今の状況は？」

「ジムに深夜一時に呼びだされている。コウシとおれだ」

タカシが笑った。愉快そうな南極のブリザード。

「わかった。Gボーイズの突撃隊八名、それにおれもいく」

「ありがとう。ほんとに助かる。だけど、タカシ」

「なんだ？」

おれは首を切られる覚悟で口にした。キングへのご注進はいつだって命がけだ。

「コオウとさしでやろうとするなよ。向こうは二階級も上のクラスだし、現役のキックボクサーなんだからな」

コオウがどんなに強くとも、三段に伸びる特殊警棒をもったGボーイズの突撃隊四、五人に一気に迫られたら、あっという間に制圧できるだろう。やつらも普段から訓練を受けている。タカシはどこ吹く風でいった。

「そうだな、考えておく。じゃあ、四十分後に」


おれは静かに家を抜けだし、池袋北口の駐車場でダットサンのトラックを拾った。コウシはまだ常盤台の古着屋にいる。真夜中の東京の道は空いていた。目立つのは空車のタクシーばかり。店の前につけると、すぐにコウシが出てきた。アメリカ海兵隊払い下げのカーキのコートを着こんでいた。なんでも形から入るやつ。おれの顔を見るといった。

「おれも覚悟を決めた。ジュンペイを助けるためなら、どんな責めも耐えるつもりだ」

古着屋のお洒落な店長にしては、なかなか見あげた根性だった。コウシがドアハンドルに手をかけたときだった。黒いジープ・ラングラーが二台。おれのダットサンをはさむように停止した。その後には、タカシの純白のボルボの大型SUV。黒にシルバーの線が入った細身のジャージを着たタカシがおりてくる。

「作戦会議だ。店を借りるぞ、コウシ」

古着屋のさして広くないフロアは、八人の突撃隊員とキング、おれ、コウシの同じ高校の卒業生でいっぱいになった。

スポーツ・ジム「プラチナム」は東武東上線ときわ台駅から二百メートルほど離れた場所に建つ雑居ビルの三階にあった。ジムのサイトから見取り図を呼びだしたスマートフォンにケーブルをつないだ。その先にあるのは小型プロジェクター。ジムの図面が八十インチのおおきさで、柄物の壁紙に映しだされた。キングがいう。

「出入り口はエレベーターと非常階段の二カ所。おれたちはマコトとコウシがジムに入った後で、エレベーター奥の階段を使い、三階まで上がる。マコトはずっとおれのスマートフォンと通話をつないだままにして、胸のポケットにいれておいてくれ。突入のタイミングは、おまえたちの会話を聞いて、おれが判断する。それでいいな」

すこし雑だけれど、四十分で決めた作戦だ。後は出たとこ勝負になるのはしかたない。Gボーイズの副官がいった。

「敵がふたりだけというのは間違いないですか」

おれはいった。

「ジュンペイやおれたちにしようとしていることを考えると、メンバー以外の手を借りるという事態は想定しにくいな。まあ、いるとしてももうひとり、ふたりだと思う」

自信ありげにうなずいておいた。副官はいっさい不満そうな顔をしない。キングが腕時計を確かめた。黒のアップルウォッチだ。

「よし、いこう。すこし遅刻するが、やつらを待たせると思うと気分がいいな」

それで、おれたちは四台のクルマに分かれて、ほんの数分先のスポーツ・ジムに向かった。


深夜一時の常盤台銀座は、無人の薄暗い商店街だった。どこもシャッターがおりていて、バーやスナックが数十メートルおきにネオンサインを灯《とも》している。おれとコウシが乗ったダットサンが先行した。ジムの明かりがこぼれるコンクリート打ち放しのモダンなビルが見えてきた。運転席でキングに電話をかける。おれは囁いた。

「聞こえるか、タカシ」

「ああ、だいじょうぶ。危険になったら、叫べ。すぐに突入する」

「なんて叫べばいいんだ？」

「なんでもいい。おふくろさんでも、警察でも、タカシさん助けてくださいでもな」

嫌味な王様だった。この状況を楽しんでいる。

「わかった。じゃあ、いってくる」

おれとコウシはトラックをおりて、エントランスに入り、エレベーターのボタンを押した。


箱のなかにはプラチナムのポスターが貼ってあった。春のキャンペーンで入会金が無料になるという。コウシがいった。

「こんなところまで、つきあわせてすまなかった。おれはなにが起きても悲鳴をあげないようにがんばるからな。タカシと違って、荒っぽいこと苦手なんだ」

おれはにこりと笑っていってやった。

「おれだって怖いさ。悲鳴もはずかしくなんかない。さあ、ジュンペイを助けてやろうぜ」

三階につくと扉が開いた。短い廊下はＬＥＤの照明で明る過ぎるほどで、その先にはガラスのダブルドアが見えた。クローズドの看板が下がり、内部の明かりは消えている。


おれたちが近づいていくと、身長百七十五くらいの無表情なガキがガラス扉を開いた。こいつが名簿係の河野トモユキか。英語のロゴがでかでかと入った霜降《しもふ》りのジャージ姿。おれを見ると目を細めていった。

「おまえ、誰だ？　徳永、ひとりでこいとコオウさんがいっただろ」

コウシの目が泳いでいる。代わりに口を開いた。

「おれは真島誠。こいつの高校からのダチで、ジュンペイのことも知ってる。おまえたちのところにコウシをひとりでいかせるはずがないだろ」

トモユキの目がさらに酷薄になった。目つきの悪いガキ。

「まあ、いいか。ふたりそろって、コオウさんに締めてもらおう。ついてこい」

おれとコウシは目を見あわせた。ゆっくりと名簿係の背中を追う。

その先で、おれは久しぶりに地獄を見ることになった。今でも吐き気がするくらいのな。

フィットネス・マシンが並ぶ先にはフローリングが広がっていた。壁は全面鏡でエアロビクスなんかに使用されているのだろう。奥の窓際にはサイクリング・マシンのハンドルが外の景色を見られるように一列に置かれていた。だが、なにか違和感があった。

こんなにきれいなスポーツ・ジムに錆《さ》びた鉄のような臭い。

それは一度嗅いだだけで、危険を強烈に知らせる血の臭いだった。フローリングの隅には直径一メートルほどの薄い血だまりがあった。そのなかで上半身裸のジュンペイが倒れている。意識はないようだ。並みの出血量ではなかった。丸い形の傷が上半身を埋め尽くしている。丸く肌が破れ、そこから出血しているのだ。ジュンペイの横には、靴ベラが落ちていた。こちらも血まみれで、スチールを革でくるんだものだった。このクラブのロッカーにでもあったものだろう。

おれはジュンペイの様子を一瞥でつかむと、気がつけば叫んでいた。

「キング、きてくれ」


「なんだ、うるせえな」

その男も上半身裸だった。下はぴたりと肌に張りつく黒いタイツで裸足だ。だが、上半身も首も顔も、紺のタトゥーで埋めつくされているので、立体的な影のようにしか見えない。影に目玉が浮かんでいる。

コオウは五十キロはありそうなダンベルをおくと、マシンの林のなかからやってきた。じっとおれたちを見ていった。

「おまえが徳永で、おまえが真島。おまえたちの名前はどうでもいい。だが、おれの名を忘れるなよ。今夜からおまえたちの所有者になる長谷川虎王だ」

おれはコオウの背後を見ていた。やつの後ろにはまだトモユキしかいない。Gボーイズの突撃隊はなにをしているんだ。ジュンペイはもう一リットルは血を流しているように見える。二リットルの出血で人は死ぬ。おれの頭のなかでは致命的な数字がぐるぐる回転していた。トモユキが血まみれの革の靴ベラを拾いにいった。手首のスナップで軽く振ると、ひゅんと風を切る音がする。コオウが静かにいった。

「おまえたちも上半身裸になれ」

おれは筋者がよく使うという拷問法を思いだしていた。

人の心を折るには、自分の血を大量に見せるのが一番だという。

だがナイフで刺したら、人はすぐに死んでしまう。そこで革靴のヒールや靴ベラなんかを叩きつけ、肌を浅く破っていくのだ。それこそ全身な。


そこからは瞬間だった。

特殊警棒をさげたGボーイズの突撃隊が、二十五時のジムに突入してくる。コオウとトモユキは窓際まで引きさがっていった。コオウが叫んだ。

「おまえら、どこのもんだ？」

最後に入ってきたのはタカシだった。

「おまえたちを制圧にきた。名前など、どうでもいいんだろ」

コオウの後ろでトモユキがいった。

「コオウさん、こいつら池袋のGボーイズです。あいつがキングだ」

タカシはゆっくりと肩を回し始めた。おれはあわてていった。

「おい、あとは突撃隊にまかせておけばいいだろ。おかしなところでやる気だすな」

よく躾《しつ》けられた警察犬のように突撃隊の八人は動かない。ただ静かに特殊警棒をさげて、命令を待つだけだ。キングがいった。

「コロッセオ、ライトヘビー級の長谷川コオウだったな。すこし手あわせをしてみないか。おれはそこにいるガキと違って、ただ打たれるままじゃいないぞ」

コオウの顔に残酷な笑みが広がった。

「なめるなよ、キング。ジュンペイみたいに泣かしてやるよ。コオウ様助けてくださいってな」

おれはふたりを見比べていた。身長は五センチほどコオウのほうが高いだけだが、胸板の厚みや腕の太さは冗談でなく倍ほどあるように見える。おれは副官にいった。

「タカシを止めてくれ。王様が怪我でもしたら、どうすんだ」

タカシは微笑んでおれにいう。

「マコト、心配するな。ここにくるまでのクルマのなかで、おれはコオウの試合を見てる。ボクシングの技術がなんのために磨かれてきたか。こいつに歴史のレッスンをつけてやるだけだ」

コオウがシャドウを始めた。拳がうなりをあげる。

タカシは涼しい顔で、汗の浮かんだコオウのタトゥーだらけの黒い背中を眺めていた。


八人の突撃隊がフローリングに丸く広がって、真夜中のジムにオクタゴンの簡易リングがつくられた。直径は五メートルほどあるだろうか。おれとコウシ、それにトモユキはすこし離れて立っていた。しばらくシャドウをするコオウをタカシは見ていた。ＭＭＡで使用されるようなオープンフィンガーのグローブをつける。

「そろそろ、いいか。そこで倒れてるガキを病院に連れていかなきゃいけない。時間がないんだ。誰かラウンドを計ってくれ。三分かける二でいい」

副官がこたえた。

「了解です、キング」

タカシが両手をかまえた。頭と身体のほとんどが隠れてしまう。

「いつでもいいぞ、コオウ」

黒い刺青男が無言で突進してきた。思い切りジャンプして、力まかせのスーパーマン・パンチを放ってくる。タカシは半円を描いて右に避けると、打ち下ろしの右をコオウの脇腹に突き刺した。有効打１。

そこからはトムとジェリーのようだった。コオウが追い、タカシが逃げる。パンチを避けながらタカシは、こつこつと鋭いパンチをコオウのレバー、ストマック、テンプル、チン、そして墨だらけの黒い顔に集めていく。

単純なパンチ力なら、コオウのほうがタカシよりも遥かに上だった。だが、タカシの足には羽が生えていて、コオウのドタ足ではつかまらない。それにコオウにはディフェンスという概念がなかった。ただ力いっぱい腕を振り回すだけなのだ。副官が叫んだ。

「第一ラウンド、終了」

トモユキがコオウにバスタオルで風を送っていた。やつの足元に丸い汗だまりができている。タカシは深呼吸を繰り返していた。おれと目があうという。

「真剣勝負だ。おもしろいな。つぎのラウンドで、コオウを倒す」

おれはいった。

「アウトポイントの逃げ切りでいいじゃないか」

倒しにいけば打ちあうことになる。そいつはコオウにもチャンスを与えるということだ。

「それじゃダメだ。あそこのガキの心をやつは折った。どんなに力が強くとも、自分だって同じ目に遭うことがある。そいつをコオウに教えてやる」

いいだしたら聞かない王様。おれはタカシの背中に平手打ちで気合いを入れた。

「だったら、しっかり倒してこい。おまえが殴られたら許さない。池袋の女性ファンが泣くぞ」

副官がアップルウォッチを見て叫んだ。

「第二ラウンド、開始」

二ラウンド目になるとコオウのスピードは、一段と落ちてきた。最初のラウンドでは離れ際の引きながらのパンチだったが、タカシはそこで一歩前に出るようになった。カウンター狙いに切り替えたのだ。追いかけてくるコオウに踏みこんで強い打撃を入れる。コオウの顔はタトゥーだらけでよくわからないのだが、腫《は》れてきているようだ。左目はほとんどふさがっている。

レバーに左フックを集められ、タカシ得意の右ストレートで徹底的に目を狙われたコオウが叫んだ。

「なんなんだ、おまえ。人の仕事にちょっかい出しやがって」

年寄りだけが住む家に強盗に入るのが、コオウの仕事なのだ。格闘家の足はふらついている。おれはガマンできなくなって叫んだ。

「タカシ、もう遊ぶな。やつを楽にしてやれ」

* * *

そこからのタカシのコンビネーションは遠い稲妻のようだった。

工業高校時代ボクシング部でやつは実の兄から、手ほどきを受けている。安藤猛《たける》、ライト級でインターハイ準優勝した逸材だった。やつはもう死んじまったが、そのタケルがタカシの素材と才能に驚いていた。

スピードでも、技術でも、遥かに自分より優れていると。タカシは一度見たコンビネーションをいつでも再現できた。ボクシングを始めて一週間で、タケル以外の全部員がかなわなくなった。コオウを決めにかかったタカシがそのとき見せたのは、高校のリングでタケルが教えた必殺のコンビネーションだった。

左のジャブが二発。ダブルでも一撃のような速さ。後ろの蹴り足を利かせた伸びのある右ストレートで突きあげる。コオウの刺青顔がジムの天井を向いた。タカシはつむじ風のように左にサイドステップして、腰の回転から一瞬遅れて出てくる左フックを二発ぶちこんだ。ボディとテンプルの二段打ちだ。

もう一度右にステップを踏んで身体の位置を入れ替え、タカシは身体をぎゅんっと沈めた。倒れてくるコオウのフェイスタトゥーに、タカシの顔が触れそうなくらい近づく。そのときにはもうオーバーハンドの右の打ち下ろしが放たれていた。

そんなふうにいうとコオウのような渾身《こんしん》の右を思い浮かべるかもしれないが、タカシのは全然違う。タケルもいっていた。力を抜け、脱力しろ、力を抜いた分だけ相手に与えるダメージはでかくなる。タカシはまるで力感のない、ただしスピードだけは抜群の右のオーバーハンドで、コオウのあごを打ち抜いた。ぱんっと空気銃でも撃ったようなかん高い音がする。

最初のボディフックが効いていたのだろうか、コオウは倒れながらばしゃばしゃと胃液を吐いた。そのまま自分の嘔吐物のなかで気を失ってしまう。

タカシはおれのほうを見るといった。

「気がついたか？　今のコンビネーション」

おれは笑って、やつにいった。

「ああ、タケルさんに教わったやつだろ。すごかったな」

タカシはオープンフィンガーのグローブをはずすと、背中越しに放り投げた。

「高校以来久しぶりにやってみたけど、けっこうできるもんだな」

トモユキはもうGボーイズに逆らわなかった。突撃隊はコオウとトモユキを後ろ手に結束バンドで縛りあげた。連続強盗の被害者がされたように。タカシが軽く右手を上げていった。

「こいつらはこのままでいい。ジュンペイを連れて、撤収するぞ」

それでおれたちは常盤台銀座のスポーツ・ジムを離れた。おれだけではない。コウシも突撃隊のGボーイズも、とんでもないものを見せられた興奮で頬を赤くしていた。

ボクシング好きのおれの生涯ベストマッチのひとつが、録画もされていなかったのは、痛恨のミスだよな。まあ、おかげでタカシの新しい伝説がまた池袋の街に流されたんだが。


ジュンペイは池袋病院にそのまま入院することになった。命に別状はないが、身体中に丸い傷は残るという。おれは吉岡と礼にいに連絡して、病院の個室で自首と取り調べができるように頼みこんだ。

コオウとトモユキはジムで縛られた姿のまま逮捕された。今も池袋署内に拘置されている。ジュンペイによると、四件目の強盗を企《くわだ》てていたというから、ベストのタイミングで連続強盗を阻止できたのかもしれない。

いつか人を殺すかもしれない。ジュンペイが恐れていたとおり、人は案外簡単に死んでしまうものだ。口封じのガムテープで窒息死することも、縛られて冷たい床に転がされることで、ショック死することもある。相手が後期高齢者なら、なにが起きてもおかしくない。

タカシとGボーイズ、それにおれとコウシの活躍については、礼にいが警察署長の力でなんとか外部に漏れないようにしてくれた。まあ、池袋署の警官がコオウのアジトを急襲し、ジュンペイを救出し、犯人二名を確保した。そっちのほうが外聞はいいもんな。

おれたちは誰ひとり、表彰状なんて欲しくないしね。

すべてが終わって、サクラのつぼみがほころぶ頃、おれとタカシは3rd STREETに顔を出した。コウシはとっておきだという古着のスプリングコートをおれたちにプレゼントしてくれた。三十年ばかり昔のディオールのメンズ。古着だが、めずらしくタカシのお眼鏡にかなったようだ。その春、キングは古いコートばかり着ていたのだから。

おれたちは三人で、レジカウンターに座った。マグカップにはコウシが淹れてくれたコーヒー。店長がカウンターの向こうでいった。

「マコトがいっしょにジムにいくといってくれたときには、ほんと感動したな。こんなに友達思いのやつはいないって」

タカシはいい香りのコーヒーをすすっていう。

「こいつは計算高いから、Gボーイズの援軍のことが最初から頭にあったんだろうな」

カーリーヘアのコウシはその言葉には不満そう。

「そうはいうけど、なかなかできることじゃないぞ。誰もタカシみたいに強くはないんだからな」

池袋のキングはちょっと驚いた顔をした。

「おれが強いだって？　おれはそんなに強くはないさ。おれよりコウシのほうがずっと強いだろ」

黙って聞いていたおれには、キングの気もちがよくわかった。

「おれもタカシに賛成だな。コウシ、おまえ警察でいったんだろ。ジュンペイの刑期が何年になっても、あいつを待つって。身元引受人は自分が引き受ける。あいつをまっすぐな人間に戻しますってさ」

自首したとはいえ三件の強盗に関わっている。五年ではとてもすまない長期刑になることだろう。タカシがおれに目配せした。

「ほんとに強い人間って、コウシみたいなやつだろ。おれもマコトも、おまえにはかなわないよ。ジュンペイをよろしく頼む」

コウシが顔をくしゃくしゃにして泣きだした。

「まかせとけ。じゃあ、おれが池袋最強でいいんだな。おまえら、悪いコンビだな。人のこと泣かせ過ぎなんだよ。なあ、これから店は臨時休業にするから、常盤台銀座イチのガールズバーにいって、三人でのまないか」

最強がもてると限らないのが、そっちの世界の不思議。コウシもおれもそれなりにいい男なんだが、その夜店にいたガールズがみな席につきたがったのは、キング・タカシだった。

まあ、おれには別に不満はない。なにせ、なんの報告もしていないのに、四十分で現場に駆けつけてくれたんだからな。タカシは確かに氷の王様だが、こいつは案外友達思いなんだ。

神の呪われた子

神様の子どもに休息はない。

当の神様本人だって、六日間ぶっ続けでこの世界を創った重労働のあとで、やれやれとひと息ついて、つぎの日を安息日にした。けれど、その子どもたちには土曜も日曜もないのだ。ウィークデイは身体を縮め、心を折りたたんで、禁止事項だらけの「悪魔」が支配する学校にいく。人と競うことになるので、運動会への参加は禁止。同じ理由でスポーツ系の部活動も禁止。異性と手をつなぐという「地獄堕ち」に等しい淫《みだ》らな行為は到底許されないので、フォークダンスやキャンプファイアも不参加。異教徒的な内容の学芸会や文化祭も当然不参加。

もちろん学校から家に帰っても、禁止事項のオンパレードは続く。淫らつながりで、恋愛を扱うような下品なドラマや映画・アニメは禁止。ラブソングや権威への反抗を歌うので、危険な音楽も禁止。暴力まみれのゲームはいうまでもなく禁止。友達とカラオケにいく、映画を観にいく、アイドルを推しにいく。これらはすべて禁止。それどころか、怪我をしたときの治療や病気の際に使用する薬にも、大幅な制限や禁止事項が設けられているのが一般的で、世界中で毎年すくなくはない数の子どもたちが救えるはずの命をなくしているのが現実だ。熱烈な信者である親のお気に入りの子どもであり続けるため、あいつら（驚くことに話してみると、ごく普通の子どもたち！）は地獄のような暮らしを、今この瞬間も送っているのだ。

おれがいったい誰の話をしているのかって？

神様の子どもたち、親が信じる宗教を自分の意思など無関係に強制的に信仰させられている子どもたち、よくいう宗教二世の子どもたちについて話しているんだ。

それでは最初の文章に戻ろう。

神様の子どもに休息がない理由である。あいつらに休息がないのは、土曜も日曜も親に布教に引きまわされるからで、異教徒から同情や共感をひくための小道具として休みの日もロボットのように働かされているせいだ。能天気な親は禁止事項で縛りあげ、週末も宗教活動をさせることで、自分の子どもが教義からそれずに幸福な人生を全《まっと》うし、いつか天国で永遠に幸福に暮らせると、疑うことなく信じている。

無信仰の第三者や児童福祉課は親による宗教の強制は「虐待」だといい、当の宗教一世はこれ以上はないほどの「愛情」だという。一ミリも意見が一致しない両岸のあいだで、気の毒な子どもたちは川底深く果てしなく沈んでいく。

今回は神様によって救われるはずなのに、親と教団によって毎日「地獄に堕ちる」と脅され続ける子どもたちの物語だ。神によって呪われた子どもたちのストーリーである。

不幸の種は世界中にある。その半分くらいはたぶん希望の種もある。それくらいのおおらかな気もちで、おれがルカの話を黙ってきいたように、あんたも善か悪かと簡単に決めつけずに、おれの話をのんびりきいてくれ。


東京の梅雨《つゆ》はしとしと長雨なんて調子ではもうなくなってしまった。

降るときはざーざーとスコールのように降り、しばらく晴れるとまたざーざーがやってくる。夏になると四十℃近くまで気温があがるんだから、もう熱帯の都市だよな。ジャカルタ、マニラ、バンコク、トーキョー。まあおれは暑いのもスコールも好きだから、ぜんぜんいいけれど。

長かった梅雨の終わり近くの土曜日、そのときも雨粒がアスファルトを叩く音が、空きチャンネルのノイズみたいにやかましい午後だった。大雨のなかわざわざ果物を買いにくる客なんて、いくら副都心・池袋でもいるはずがない。開店休業状態で、西一番街の通りの先を眺めながら、FM放送で韓流のポップスを流していた。

「なんだい、あれは？」

そういって、おふくろがあごの先で三軒ばかり離れた焼鳥屋の前に、一つの大判のビニール傘をさして立っているふたり連れを示した。母と娘だろうか。ぺこぺこと頭をさげながら、焼鳥屋のおやじになにか薄い本のようなものをさしだしている。

「なんだろうな。自分でつくった詩集の押し売りかな」

「そんなもん、今どき売るはずがないだろ。あたしの若い頃じゃないんだから」

まあ確かにそうだ。焼鳥屋のおやじがその本を軽く払うように叩くと、水溜まりのなかに本は落ちた。悲鳴のような声がふたりから漏れて、母親の後ろに立っていた女の子があわてて、拾いあげる。なんだかわからないが、ひどく大切なものらしい。

　母親のほうは娘を見ずに、自分のバッグから同じものを取りだし、またおやじに押しつけようとした。

「いや、そういうのはうちはいらないんで。焼鳥買わないなら、どっかにいってくれ」

　怒っているのではなく、うんざりした調子だった。おやじと呼んでいるが、まだ四十代半ばで、池袋のソウルバーで会うと気のいいおっさんだ。マーヴィン・ゲイが好きなところは、おれと趣味が似ている。

「やれやれ、宗教の勧誘かい。あと十五分もしたら、うちにもくるね。マコト、あんたが相手しなよ」

　おれはうなずいて、二階の住まいに上がっていくおふくろの背中を見送った。宗教の勧誘だけじゃない。自動販売機とか、新しいレジとか、ＱＲコードの決済システムとか、あらゆるセールスを撃退するのが、店番であるおれの第二の役目である。

　いやはや営業マンが池袋の街にどれほどいるのか知ったら、あんたも驚くよ。


「すみません、ちょっとお話をよろしいですか」

　女性アナウンサーのようななめらかで安定した声だった。うちの果物屋の店先、ひどい雨のなか母と娘は立っている。母親はビニールのひさしのなかで、娘はざーざー降りの雨のなか。かわいそうに、夏服のセーラーの肩は両方ともびしょ濡れ。

「まあ、いいけど」

おれにはちょうどいい退屈しのぎだった。客はいない。やることはないが、店番だけはしなければいけない。チェーンでつながれた犬と同じ。母親のほうはいそいそと、ショルダーバッグから中綴《と》じの薄いパンフレットのような本を抜くと、おれにさしだした。ちらりと見えたが、同じものが数十冊はあるみたいだった。

「おめでとうございます。あなたにも天国の木に救われるチャンスがやってきました」

きっと決まり文句なのだろう。またもアナウンサーばりの安定感がある、感情がまるでこもっていない声。口元に笑みはあるが、目はまったく笑っていない。白いワンピースと同じ素材の七分袖のジャケット。おれは薄手の本を手にとった。表紙は文字だけ。地獄で生きるのを、今すぐやめましょう。天国の木教会。あとは葉っぱが四、五枚ついた小枝の先のロゴマーク。きいたことのない教団だった。新新新新宗教だろうか。

「これキリスト教なの？」

母親の目におかしな光が灯った。

「あんな邪教といっしょにしないでください。うちの天木《あまき》教祖はキリストのような神の子ではなく、神ご自身の生まれ変わりです」

世界のキリスト教に対して宣戦布告。自分のところのほうが一段上だと平然という。母親は四十二、三というところか。ひどくやせていて、首筋や手の甲は油紙みたいにしなびて乾いていた。雨のなか後ろに立つ女の子に目をやった。顔立ちは楚々《そそ》として整っている。肌も白い。胸はつつましやか。これくらいの観察でもセクハラになるのだろうか。だが、彼女は右手で左の二の腕を掻《か》いていた。薄赤い染みのようなものが腕にも、首筋にも顔にものぞいている。肌の炎症、あるいはアトピーか。

母親は極秘の情報でも教えるように声をおとした。

「この時代、この国で生きるのが、苦しくありませんか」

どうなんだろうか。おれはそんなに苦しくないし、逆にまあまあ楽しいと思うくらいだが、調子をあわせておいた。

「そうだな、若干《じゃっかん》息苦しいというか」

「そうです、そうです。よくわかります。それがなぜだか、わかりますか？」

なめらかな口と笑っていない目。

「いや、よくわかんない」

そのとき母親は急に娘を振り返った。

「流架《るか》さん、教えてさしあげて」

腕を掻く手をとめて、ルカはスマートスピーカーの人工音声のようにいう。

「はい、この世界は悪魔が支配しているからです。悪魔にだまされている限り、人は幸福になることはできません」

母親は厳しい女性教師のように一瞬だけ笑った。

「よくできました。この本に悪魔の嘘を見破る方法が書いてあります。じっくりと心の目を開いて、お読みになってください。お代はけっこうです」

おれはあわててパンフレットを裏返した。定価一二〇〇円。円安でアドバンスが高騰した海外ミステリーの文庫本みたいな値づけだった。

「これ、そんなに高いんだ。返そうか」

初めて母親があわてた。

「いいえ、悪魔の嘘から人々を救うのですから、本来は値段をつけられないくらい価値があるものです。それはあなたの魂の価格だと思ってください。ほんとうならもっともっと価値がある。でも、悪魔の世界では安く買いたたかれ、苦しんでいるのです」

なるほど、悪い気分ではなかった。そんなふうに生きることが苦しいやつらを勧誘するのだろう。だが、おれはどこかの新しい宗教に入り、悪魔から救われたいとはぜんぜん思わなかった。

そろそろ潮時だ。

「わかった、目をとおしてみるよ」

「わたしは天国の木教会、北西東京支部青年部主事、牛尾果歩流《うしおかおる》と申します。またお目にかかるのを楽しみにしています」

なんだか厄介《やっかい》なことになりそうだった。母親はガラス球みたいな目でいう。

「あなた、お名前はなんとおっしゃるの？」

おれは母親の後ろで、夏服のセーラー娘が腕を掻きながら、ちいさく首を横に振るのを見逃さなかった。やめたほうがいい。誰かの決死のサインを無視するのは、おれのよくない趣味のひとつ。

「真島誠、ここの店番だ。でも、くるなら今日みたいに客のいないときにしてくれ。客がみんな悪魔でも、フルーツを売らないと暮らしていけないからな」

「わかりました。さあ、ルカさん、いきましょう」

娘はきれいな鼻筋を見せて、うつむいている。アイドルでもおかしくない顔立ち。

「ルカさん、ご挨拶を。ほら、マコトさんに」

娘は顔をふせたまま、口のなかでつぶやいた。

「天国の木のしたで、会いましょう。あなたの永遠の幸福を、お祈りします」

ひどくいい声。誰かに祈られたのは、生まれて初めてだった。ざーざー雨のなか、母と娘は斜めむかいの立ち食いそば屋に移動していった。天ぷらそばをつくる厨房でもパンフレットを配るのだろうか。恐ろしく心の強い母子。

この教団でのおれの立ち位置を考えてみた。おれは未入信なので、悪魔が支配する世界で、悪魔のフルーツを売る貧しくて愚かな悪魔の手下というところ。

異世界転生アニメなら、悪くないストーリーである。

悪魔のフルーツをたべたら、どんなコラムでもすいすい書けるようになるといいのだが。

おれにとっては腕がゴムみたいに伸びるより、ずっといい。原稿王に、おれはなる！


おれは薄いパンフレットを、スマートフォンで調べながら読んだ。ちょこちょこと事実確認をしながら本を読むにはスマホって、ほんとに便利だよな。天国の木教会は二十年ばかり昔に設立された新宗教だった。新宗教の定義は教祖がまだ生きてる宗教ね。

教祖の名は天木公正《こうせい》五十四歳。英語教材のトップセールスマンだった三十三歳のとき、至高神の天啓《てんけい》を受けて、天国の木教会を始めたという。ネットには写真もたくさん出回っていた。ローマ教皇みたいな格好をして、金ぴかの天国の木の前で説法をしている姿。顔は昔の映画俳優みたいな濃い顔。頰にはあばたの跡が残っている。若い頃の写真は直毛なので、髪はパーマをかけているのだろう。地方都市駅前の不動産屋か、風俗店の経営者みたいなぎらついた雰囲気だ。バツ二で子どもは四人。今は独身だそうだ。やつの名前のとおり公正に見て、うさん臭さの塊のような男である。

ところが公称の信者数が百万人だというから、新宗教の世界はわからない。戦後の貧しかった頃、信者を増やした旧新宗教は徹底した現世利益を約束するところが多かった。天木の教義は正反対。徹底的に現世を否定し、利益など匂わせることもない。政治が変わらないのは悪魔のせい。日本経済がもたついたままなのも悪魔のせい。仕事や恋愛が報われないのも、難病や障害も悪魔のせい。要するにこの世に生まれ落ちたら、そこは悪の世界なのだから、不幸なのは当然だというのである。

だが、天国の木教会で真理に目覚め、功徳《くどく》をつめば、無限に続く地獄の転生から逃れ、黄金の天国の木の下で永遠の心の平安を得られるという。まあ、毎週出版される本をアイドルのシングルCDみたいに複数買いして、毎月の会費を納め、さまざまな種類の高額有料イベントに出席し、新たな信者を獲得できたらの話だが。

なかでも大切なのは新規信者の開拓で、獲得した信者数はそのまま組織内での地位に直結するという。元信者のブログにはその階級も書かれていた。虹の七色の役職の上に、シルバーとゴールドとダイヤモンドの上級職がある全十階級制。上級職は教団専属で、給料ももらえるのだとか。

それでは牛尾母子が雨降りの週末も布教する訳である。

英語教材のセールスマンが創りあげた教義はシンプルなもの。世界中の宗教からあちこちパクりまくったつぎはぎだらけのパッチワークである。悟《さと》りを開くことで苦の輪廻転生《りんねてんしょう》から脱出できるというのは、原始仏教から。天国の木は北欧神話の天と地を貫く世界樹から。善と悪の永遠に続く闘争というのは、ゾロアスター教から。親や年長者を敬えというのは、儒教から。性愛、中絶、ＬＧＢＴの徹底した否定はキリスト教原理主義から。要するに中二病の宗教オタクがひねり出したいいとこどりの教義に過ぎないのだが、それでもリアルニッポンに倦《う》んだ大勢の人間を引きつけているのは確かである。

まあ、三十年も泥沼でのたうってるんだから、この国が悪魔に足をすくわれているという天木公正の教えが沁《し》みるのも無理ないよな。誰もが無意識のうちに同意してしまうわかりやすい教義なのかもしれない。

ちなみに高いコンクリート塀に囲まれた要塞のような天木の自宅は渋谷区代々木の千二百坪。時価四十億を超えるという。悪魔の現世では誰も救われないのに、なぜかやつの住まいだけは金ぴかの天国の木みたいに豪華なのだ。

口先で現世利益を否定するやつほど、現世利益が大好き。

まんじゅうとゴールドが怖い、嫌な大人である。

夕方になり雨空は灰色のまま明度だけ落としていった。梅雨の夕暮れって淋《さび》しいもんだよな。

客は依然としてゼロ。高価な電気代だけ無駄にかかるんだから、シャッターを下ろしたほうがいいくらいである。

そんなうちの店先に軽のトラックが停まった。荷台のあちこちに錆《さび》が浮いてる副都心ではめったに見かけないボロの軽トラ。東京じゃメルセデスのゲレンデヴァーゲンよりめずらしいよな。

「マコトくん、今日はなにかもらえるのある？」

弾けるように元気な声。関本亜津《せきもとあず》はこの先の池袋本町のマンション街で、子ども食堂をほぼひとりで切り盛りしている。三十代の初めという感じか。デニムの長袖シャツを着ている。七人にひとりが貧困というニッポンの子どもたちの強い味方だ。こんなに豊かな国で飯がくえない子どもがそれだけいるのだ。全国の子ども食堂のスタッフのみんな、ほんとにありがとな。

おれはレジの横に用意してあったダンボール箱を抱え、荷台に載せてやった。

「ああ、染みだらけのバナナとめちゃくちゃ甘い傷ものパイナップルがある。子どもたちにくわせてやってくれ」

シュガースポットで全身覆われたバナナは、ミキサーに放りこんで牛乳を加えるだけで抜群にうまいバナナジュースになる。パイナップルはキューブにカットして、冷凍すればそのまま高級シャーベットだ。どんな店のものにも負けないデザートになるんだが、まあフルーツの世界でもルッキズムによる弊害が根強く残ってるという話。

「いつもありがとね」

「いや、ぜんぜんいいんだ」

礼などいわれる理由がなかった。そんなことは荷台を覗けば誰にでもわかる。西一番街の商店街を流してきた軽トラには、うちのフルーツだけでなく、魚屋のアラや焼鳥屋のつくね、八百屋の春キャベツにすこししなびたキュウリ、肉屋の牛筋なんかが積まれている。どの店も売れ残りを無償で提供しているのだ。おれだけが礼をいわれる筋合なんてカケラもない。なあ、おれが住んでる西一番街もなかなかのもんだろ。

二階からおりてきたおふくろが声をかけてきた。

「アズちゃん、これも持っていって。マコトの高校生のときの着古しだけど、まだ着られるから。それにスニーカーも」

飯もくえない子どもたちには、程度のいい古着も人気だという。おれのはセンスも悪くないしな。おふくろはこっちを横目で見ていった。

「まあ、こいつの古着なんで、駄目だったら雑巾にでもして使ってやってよ」

アズが運転席で笑っていた。

「スニーカーとジーンズはすぐになくなっちゃいますよ。今度、お母様もマコトくんといっしょに夕ご飯うちの食堂にたべにきてください」

おれは何度かアズの子ども食堂にいったことがあった。カウンター横には古着の詰まったダンボール箱がおいてある。子どもたちは無料の夕ご飯をたべて、古着の箱から自分のサイズを選んで持ち帰る。副都心とカッコをつけても、それがおれたちの街の現実だ。

天木公正も代々木のひと坪でもアズの子ども食堂に寄付すればいいのに。

翌日は東京の梅雨らしく、一気に晴れて、気温が急上昇した。昼過ぎには三十三℃と天気予報ではいうが、体感では四十℃近く。うちの店は雨だと客がすくないといったよな。だが、三十五℃近くなると、それはそれで客がいなくなるのだ。炎天下に駅前を歩いている人間なんていないから。うちはアマゾン・フレッシュみたいなＥＣもやってないしね。

店番に飽きたおれは日曜日の午後、あてもなく近所を散歩していた。東武デパートで涼んで、ウエストゲートパークを一周し、五差路のマルイの跡地の工事を眺め、また西口広場に戻ってくる。人気《ひとけ》のないアーケードの下、マクドナルドの前には見たばかりの顔が立っていた。布教母子の娘のほう、牛尾ルカだ。硬い笑顔で通行人に、天国の木のパンフレットをさしだしている。池袋ではメガネ屋のティッシュでさえ、誰も受けとらない。いくら無料でも、怪しい宗教のパンフレットなどみな一瞥もくれなかった。ルカは昨日と同じ夏ものの半袖セーラー服で、また腕を掻いていた。母親の姿は見えない。近づくとおれは声をかけた。女子高生をナンパしているように見えないといいんだけど。

「やあ、ご苦労さん。今日はお母さん、いないの？」

ルカの声はひどく細い。

「……あっ、マコトさん、お母さんは日曜日のミーティングで……」

日曜日は安息日でなく、ミーティングがあるのか。顔をふせていたが、ちらりとおれの目を見てきた。

「……ミーティングにいくと、教団の人に会わないといけないので……わたしはこっちで……」

布教とはいいにくかった。ルカは好きでやっている感じではなかったのだ。

「ひとりでパンフレット配りをしてる」

ぱっと表情が明るくなった。同級生は友達と約束して街で遊んでいることだろう。だが、ルカは誰も受けとらないパンフレットを配っている。雨が降ろうが、夏の日がさそうが。シーシュポスの神話ではないが、これも果てしない徒労の修行ということか。

ルカの首筋に汗の粒が流れ落ちた。汗をかくとひどくかゆいらしい。ルカは強く首筋を掻きむしり、うっすらと血がにじんでくる。

「だいじょぶか。ちょっとかゆそうだけど。薬とかないの?」

激しく首を横に振った。

「そういうのはないです。教団に禁じられています」

かゆみ止めの薬が禁止? 意味がわからなかった。そのとき、おれは初めてルカがなにか深刻な問題を抱えていると気づいたのかもしれない。雨のなかの布教活動も、宗教好きな母子の勝手なボランティアだと、気軽に考えていたのだ。ひま潰しでからかう対象としては、なかなかおもしろい、その程度の相手。

「よくわかんないけど、薬は禁止って……」

すごい厳しいんだなといおうとしたところで、ルカは急に失神して、砂の城が崩れるように歩道のタイルに頽《くずお》れた。


あわてたのは、おれのほう。立ち話をしていた相手が、いきなり意識を失ったら誰でもパニックになる。しかも相手は夏のセーラー服を着た女子高生だ。

「だいじょうぶか？」

通行人が怪訝《けげん》な顔で眺め、とおり過ぎていく。誰も助けようとはしなかった。しかたない。おれはルカの両ひじを抱えて、歩道の端まで引きずると、プランターに背をもたせかけた。もうすぐ夏なので、プランターでは紫のマツバギクやピンクのマーガレットが咲き誇っている。ルカはそんな花にも負けずにきれいだったが、生命力では圧倒されていた。

おれは目の前にある自動販売機に走った。気つけの炭酸飲料をと思ったのだが、薬が禁止されているのなら炭酸もダメかもしれない。ミネラルウォーターのペットボトルを買い、ルカのところに戻った。熱中症かもしれないと、額に冷たいボトルを押しあてる。

ぴくりと首筋を引きつらせて、女子高生が目を開いた。

「……あっ、わたし……」

なんとか立ちあがろうとする。

「急に意識を失くしたんだ。無理すんな。この水のんで、ちょっと休んでいろよ。それとも救急車呼ぼうか」

ぶんぶんと音がしそうなくらい首を横に振った。

「……休んだら……だいじょうぶです……朝から、あまり……たべてなかったから……貧血かもしれない……」

嫌な予感。

「朝、なにくったんだ？」

「カップ麺を半分」

ますます嫌な予感。

「昨日の夜は？」

「ほか弁を半分……あまり食欲がなくて」

天国の木の布教活動に入れあげる母親は、ほとんど養育放棄。他人の救済に忙しくて、自分の子どもは放りっぱなしなのだ。おれはGショックで時間を確かめた。午後三時過ぎ。この時間なら、ひまがあるだろう。おれはスマートフォンで子ども食堂の番号を選んだ。事情を話すと、すぐに軽トラできてくれるという。さすがアズだ。通話を切るといった。

「これからきちんとした飯をくいにいこう。横になって休める場所もある。すぐに迎えがきてくれるぞ」


十分もしないうちに、アズの軽トラがやってきた。ルカを支えて、助手席に乗せる。軽トラはベンチシートで詰めればおれも乗れるのだが、残念ながら定員は二名。アズが切符を切られないように、おれは速足で後を追った。

西口の駅前広場からは一キロと離れていないのだ。たいした距離じゃない。おれが古びたマンションの一階にある、元居酒屋をほとんどいじらずに引きついで開いた子ども食堂についたとき、ルカは畳の小上がりで盛大に飯をくっていた。

ここの食堂ではカウンターの上に大皿料理が並んでいる。すきなものを勝手に選んでたべられるのだ。すべて無料。その日は六品だった。小松菜と油揚げの煮びたし、焼きナスの肉みそがけ、ブリのアラ大根、春キャベツの回鍋肉《ホイコーロー》、ブロッコリー入りメンチカツ、蒸し鶏と春雨の中華サラダ。みそ汁はいつきても、具だくさんの豚汁である。

おれはルカの分もあわせて、千円札を二枚、カウンターの上にある赤い子ブタの貯金箱に押しこんだ。

「マコトくんはいいのに」

店主がそういったが、おれはこの食堂にきたときは必ず千円いれることに決めていた。アズは寄付だけでは足りなくて、パートタイムで働いた分も注ぎこんで、この食堂を続けている。奥にあるちいさな四畳半で寝泊まりしながらね。尊敬はするが、おれにはどうしてそこまでがんばれるのかわからなかった。いくらフルーツを分けているとはいえ、無料でたべるなんてずうずうしいことはできない。多くの子ども食堂は公的な補助を受けずに、有志の踏ん張りだけで維持しているのだ。これから生まれる子どもばかりでなく、今苦しんでいる子どもにも予算をつけてくれ。

ルカはきっと久しぶりの手料理なのだろう。箸がとまらなかった。小松菜と春キャベツが特に好きなようだ。お代わりをしている。うっすらと汗をかくので、また首筋や腕を掻きながら、くいものをぐんぐんと口に押しこんでいる。

「ルカちゃん、わたしとちっちゃな秘密をつくろうか」

アズがそういうと、カウンター下から救急箱をとり出した。

「お母さん、天国の木だっけ。いったらダメだよ」

アズが手にしているのは、ドラッグストアでも売っているようなステロイド入りのかゆみ止めのチューブだった。ルカの目が撃鉄《げきてつ》を起こしたリボルバーでも見つけたように開かれた。

「……でも、それは……」

アズは笑ってこたえる。

「うん、知ってる。薬毒だよね。でも、これは普通のお薬でぜんぜん毒なんかじゃない。ほら見て。マコトくんも、わたしも、悪魔なんかじゃない」

薬毒ってなんだ？　知らない言葉。アズはそういいながら、自分の手の甲に薄く軟膏を伸ばした。小上がりの座卓の隅に、チューブをそっとおく。

「ただの薬だけど、使うか使わないかは、自分で決めていいんだよ。ルカちゃんのところではアトピーについて、どんなふうにいわれてるの？」

ひどく優しい声だった。アズはいったい何者なんだろう。おれのなかで疑問がふくらんでいく。おれなんかより断然、新宗教について知見が深いのだ。ルカの呼吸が早く浅くなった。池袋署の取調室で容疑者が落ちるときみたい。

「……過去生で……人を……焼き殺した罰だって……わたしが……放火したんだって……」

ルカの目に涙が溜まっていく。ただの皮膚炎を、人を焼き殺した罪の印だと洗脳する。やつらがどんな手を駆使して人を縛りあげるのか、ようやくわかってきた。

ルカは絞りだすようにいう。

「……わたしは……呪われた子……なんだって……」

高校生のガキにこんなことを告白させる宗教って、いったいなんなんだ。腹が立ってたまらず、おれはかゆくもなんともなかったが、チューブをとって腕に厚く軟膏を塗った。

「イエイ、ルカ！　これで、おれは地獄堕ちだ」

泣いているルカに前歯を全部見せて笑ってやった。笑顔が最大の武器になる瞬間がある。そいつは戦車やミサイルや軍事用ドローンなんかより、ときにずっと強靭《きょうじん》になる。ルカが泣きながら、噴きだした。

「……マコトさんの地獄って……なんか……楽しそうだね……」

ルカはそういったが、そのまま四、五分黙りこんで、ステロイド軟膏のチューブを見つめていた。血まみれの両刃のナイフでも見るように。おれは自分の春雨サラダに戻った。

決めるのはルカ本人だ。


「……わたしは……人を……焼き殺してなんかない……」

つぶやくように宣言すると、ルカはチューブを手にした。深呼吸して米粒ほど指先に絞りだす。左の二の腕に伸ばした。もう一度絞りだして、血のにじんだ首筋に伸ばした。おかしな顔をして、おれたちをにらむように見ていった。

「……変だよ……ぜんぜんかゆくない……薬毒を使えば……もっと悪くなるって……みんないってたのに……」

アズがカウンターから出て、ルカの肩にそっと手をおいた。ルカが爆発的に泣きだしたのは、そのときだった。おれも見ていられなくなって、横を向いて回鍋肉をかけた白飯を洟《はな》をすすりながらかきこんだ。

目の前で子どもを泣かすのだけは勘弁してくれ。

おれはバカで単純で涙もろいんだ。


食事の時間が終わって、デザートになった。ルカとおれの前には、うちのバナナを使ったジュースが並んでる。ルカもすこし落ち着いたようだった。きいてみる。

「そういえば、昨日さ、おれがパンフレットを受けとったとき、ルカはちいさく首を横に振ってたよな。あれはどうして？」

ルカはどろどろのジュースをひと口のんだ。

「……これ、すごく甘い……生まれてから最高のバナナジュースだ……」

うーん、かわいいやつ。あと百杯のませたいくらい。

「……それはマコトさんが普通の人だから……うちのお母さんや教団の人は、みんな信者を増やすことには、死ぬほど熱心だけど……そんなに幸せそうには見えなかった……でも、マコトさんは幸せそうでしょう……なにも知らないで悪魔の側にいたほうがいいと思った……」

あなたの永遠の幸福を、お祈りします。天国の木教会の別れの挨拶を思いだす。おれはつい漏らした。

「ルカは優しいな。おれが幸せなほうがよかったんだ」

うなずくと、深くため息をついた。

「……うん、そう……だけど、今日は胸がドキドキして……怖くてしかたない……」

アズが静かにいう。

「そうだよね。今日は教団から禁止されてること、破ったもんね」

ルカがじっとアズを見た。

「……うん、布教をさぼった……よく知らない男の人と話をした……知らないところで食事した……薬毒を使った……最後に教団のことを外の人に話した……」

それからルカはおれを見て、おずおずと怖そうに笑った。

「……五つも一度に破ったら……わたしはマコトさんと同じように……地獄に堕ちるかも……」

アズが強い笑顔でいう。

「それじゃあ、わたしたち三人、今日から地獄送りだね」

おれはいう。

「地獄にうまい回鍋肉と豚汁があってよかった」

ルカがいう。

「……それに最高のバナナジュースも」

それから、おれたちは声をそろえて笑った。地獄や悪魔の恐怖を吹き飛ばすには、笑い声が最高の武器になる。レイ・ブラッドベリは『何かが道をやってくる』のなかで、そう書いている。おれはレイの長篇が好きだし、この意見には全面的に賛成する。


ルカはスマートフォンで時間を確認するといった。

「……そろそろ、帰ります……西口公園で五時にお母さんと……待ちあわせしているので……」

アズがいった。

「今日のこと、お母さんには内緒にしたほうが、いいかしらね」

「……はい、そうします……」

おれはいった。

「帰り、送っていこうか」

「……いえ、だいじょうぶ……このあたりは布教で歩いたことがあるので……駅までの道はわかります……」

そうだ、この子は週末ずっと教団のパンフレットを片手に、街を歩いているのだ。そう思うと、ルカの暮らしの過酷さが胸に迫ってくるようだった。手料理に感動し、禁じられていた薬の効果に驚愕する。そんな十代の不自由な生きかた。

ルカは勇気を振り絞ったようだ。必死の視線。

「……あの、また……この食堂にきても……いいですか……」

なにかに気づいた表情になって続ける。

「……あっ、それにマコトさんの……お店にも……」

アズの声は泣きそう。

「ここは子ども食堂なんだから、いつでもルカちゃんは大歓迎。子どもは遠慮なんかしなくていいのよ」

「うちの店でも、フルーツの土産やるからな、いつでもこい」

ルカは驚いた顔をして、口のなかでありがとう……ございますといった。金があるやつからはすこしだけお代をもらい、金のない子どもにはただで食事を腹一杯になるまで出す。子ども食堂は日本が世界に誇る素晴らしい社会システムだった。

何度もお辞儀をしながら、池袋駅のほうに歩いていくルカの背中を、おれとアズは見送った。ほっそりとした夏のセーラー服の背中って、いい見物だよな。ルカが見えなくなると、おれはいった。

「アズさん、すこし話をきかせてもらってもいいかな」

ボランティアの食堂店主は肩をすくめていった。

「足りない分をあと二、三品仕こみながらでいいなら、ご自由に」

それでおれとアズは店に戻った。

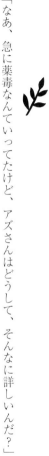

「なあ、急に薬毒なんていってたけど、アズさんはどうして、そんなに詳しいんだ?」

アズはカウンターの向こうで、ホウレン草を水洗いしていた。ベーコンとトマトを入れたキッシュの材料だという。おれは視線をシンクに下げた店主を見つめていた。アズは凜々《りり》しい男顔で、髪はいつもショートカット、思えば夏でも長袖シャツを着ている。パンツはほとんどジーンズだ。

手を休めずに、アズがいった。

「あのステロイド軟膏、自分用なんだ」

袖まくりをして、カウンターの上、白い左腕を見せた。手首からひじにかけて、数十の傷跡がでこぼこに残っている。リストカットの跡。

「もう治ってるんだけど、ときどきかゆくなることがあってね。それでたまに塗ってる。わたしもルカちゃんと同じだった」

ルカと同じか。言葉にすればほんの数文字だが、宗教二世がこんなに身近にいたことに、おれは驚いた。

「うちの親のところは、仏教系の新興宗教だった。薬毒なんて、懐かしいね。新宗教系ではめずらしくない言葉なんだ。テレビやアニメは目から入るから、眼毒。音楽は耳だから耳毒。過度なご馳走やファストフードは舌毒。眼、耳、鼻、舌、身、五識《ごしき》より入りて、人を惑わすもの、これ五毒なり。よくお母さんがいってたな」

小上がりの隅においてあるテレビ台を、ちらりと見た。ほぼ全種類のゲーム機がつながれている。

「ゲームは意識に働くから意毒だって、絶対やらせてもらえなかった。今じゃ、中毒だよ。昔できなかった分、今狂ったようにやってる。うちのお母さん、厳しかったから」

音楽や映画や落語が好きで、江戸前の寿司とうなぎに目がないうちのおふくろとは正反対だった。禁止されなかったせいか、おれはゲームにまるで興味がない。

「おふくろさん、まだ元気なのか」

「ううん、お父さんが病気で亡くなって、それから昔よりもっとめちゃくちゃに宗教に入れこんだ。四年ぐらい続いたかな。ある日、急に死んじゃった。自殺だった。わたし、ひとり残してね」

水道の音だけ子ども食堂に響いていた。ざくりとホウレン草の根元を落とす包丁の音が鳴った。

「街の施設で行ったお葬式はとても質素なものだった。うちにはお金がなかったから、葬式屋さんに見せられたなかで、一番安いのしか選べなかった。親戚も何人か顔を出しただけ。お母さん、死ぬ前に宗教やめてたんだ。そしたら、夜になって支部の偉い人がきて、たいしてない香典をすべてよこせっていった。うちの宗教やめたから、おまえの母親は呪われて死んだ。お母さんが地獄で苦しんで、虫や獣に生まれ変わるのが嫌なら、香典を全部渡して、わたしももう一度信徒に戻れって。あのときの支部長の顔は怖くて忘れられない。ホラー映画の怪物なんて敵じゃない。今でも震えるよ」

おれは血の気が引きそうだった。ルカの話は悲しかったし、涙はきれいだった。だが、アズの話には湿り気はまったくない。涙のかけらもなく白い灰のように乾いた悲しみが残るだけ。

「神だ仏だって、いつも立派な講話をしている人が、あんなに浅ましくなるんだ。人間にも宗教にも絶望したよ。いつも不安で怖くてたまらなかった。だってもの心ついたときから、ずっと悪いことをすると地獄に堕ちるって周囲の大人から脅されてるんだよ。お父さんがガンで死んで、お母さんが自殺なんて、わたしは生まれてきたらいけない子どもだって思った。前世はきっと極悪人だったはずだって。子どもや赤ちゃんをたくさん殺したのかなって」

おれのほうが悲鳴をあげそうだ。どうしたら、アズをこっちの世界に連れ戻せるんだろう。おれは思うんだが、どれほど言葉の力が鋭くても、自分を斬るためにその切れ味を全部使ったらいけないんだ。言葉はいき過ぎるし、切れ過ぎる。きっとアズのおふくろさんも、自分の言葉でずたずたに切り刻まれたはずだ。

チェックのネルシャツの袖を元に戻しながら、アズはいう。

「それから、腕もこんなになっちゃうしね。抗鬱《こううつ》剤も手放せなくなった。というより、今も月イチで精神科にかよってるよ」

おれの目は節穴だった。アズは池袋のマザー・テレサかガンジーみたいな聖人だと思っていたのだ。生まれついてのいい人。自らを顧みずに、貧しい子どもたちに食事を提供し続ける。そのアズが抗鬱剤か。

「ぜんぜん知らなかった。アズさんは偉いな。子どもたちに毎日きちんと飯をくわせてさ。休みだってぜんぜんとってないよな」

ふふふと笑って、アズがいう。

「違うんだよ。わたしは火がついた家から走って逃げてる人と同じなんだ。足が速いねっていわれても、意味がわからない。逃げるしかないでしょ、背中に火がつきそうなんだもの。みんな、燃える家が見えてないだけ」

おれは言葉もなくきいていた。目をそらしても、耳をふさいでもダメだ。キッシュを焼くオーブンからはいい匂いが流れている。

「布教でいつもお母さんがいなくて、うちもルカちゃんのところと同じだった。カップ麺と近所のスーパーのお弁当が、順繰りで続くんだ。わたしもいつもお腹を空かせていた。だから、子ども食堂を開いた」

アズはつぎの総菜の準備を始めた。新じゃがのポテトサラダ。

「復讐みたいなものかもしれない。あの頃のわたしみたいにお腹を空かせた子どもたちに食事を出す。毎日食材を恵んでもらってメニューを考え、食事の準備をする。ご馳走《ちそう》さまって帰っていく子どもたちの背中を見送る。どれひとつ、あの子たちのためなんかじゃない。依存してるのはわたしのほう。なんとか、それで死なずに済んでるんだ。これでもさ、食堂を開いてから、手首を切らないようになったんだよ。薬の量も減ったんだ」

　おれの心はぼろぼろ。それでもわかっていることが、ひとつだけあった。アズをひとりにしちゃいけない。アズはなにかを吐きだすようにいった。

「笑っちゃうね。貧乏でお腹を空かせた子どもに寄生して自分だけ元気になる。偉いねって世間にいわれて、ちっぽけなプライドを満たす。でもほんとうのわたしって、子ども専用のヴァンパイアなんだよ。貧しい子どもの血を吸って生きてる。最低だよ。きっと地獄に堕ちる」

　おれの声は自分が出そうとしているより厳しくなったかもしれない。

「なら、おれも同じ地獄でいいよ。ていうか地獄なんて、あるはずないだろ。人を脅すための下品な小道具だ。あんたは吸血鬼でも、最低でもない。誰かがそうだといったら、世界のどこでもそいつを殴りにいってやる。今だって、アズさんを殴ってやりたいくらいだ。いいか、この先いつまでも、この食堂が開いてる限り、うちのフルーツの売れ残りは全部やるからな。受けとらないなんて許さない」

　おれは素直になり過ぎたのかもしれない。アズの顔を見ると、淋しそうに微笑んでいるだけだった。ちょっとした肩すかし感。

「ありがとね。そんなことをいってくれるのは、マコトくんくらいだよ。すごくうれしいし感動してるけど、わたしは心を動かさないようにしてるんだ。涙を流して、ハグしあったら、いい気分になれるかもしれないけどさ。いいほうでも悪いほうでも、心をあまり揺らしちゃうと、後で死にたくなったり、薬が増えたりするから。ほんと、ごめんね」

アズはかするように笑った。世界はひとつじゃない。アズが生きている世界は、おれのよりずっと厳しい場所なんだ。そう思った。そろそろうちの店も夕方の書き入れ時になる。カウンター席を立つといった。

「また顔を出すよ。ルカのこともよろしく。でも、アズさん、この街の子どもたちは、みんなあんたに感謝してるからな。おれもお礼をいうよ。毎日ほんとにありがとう。今日の飯も抜群にうまかった」

おれは一度だけ深く頭を下げて、池袋本町の子ども食堂を離れた。

子どもたちの感謝はほんもので、どこかの宗教の教義でも、人を惑わす悪魔の仕業でもない。どんな動機でやろうがかまわない。アズは池袋の街を離れたら誰も知らない人間かもしれないが、この街では体重と同じ重さの純金より値打ちがあるほんものの偉人なんだ。

まあ、天国の木教会の天木公正はそれより遥かに多くのキャッシュをもっているのだろうが、それだけではおれの尊敬を勝ちとるには資格不足である。


日曜月曜と二日間だけ晴れたが、火曜日はまた分厚い雲の梅雨空が帰ってきた。この時期って、急に冷えこんで長袖のトレーナーなんかを着こむことがあるよな。そんな薄暗い火曜日の夕方で、空はなんとかもちこたえていた。

おれが店番をしていると、アズから電話があった。

「マコトくん、たいへんなんだ。すぐにきて」

「なにがあった？」

おれはデニムのエプロンをはずしながら、スマートフォンを使っていた。顔色が変わったのに気づいて、おふくろが心配そうに見ている。

「さっきルカちゃんがきて、うちでご飯たべてたんだけど、そこに天国の木の人たちがやってきて、無理やり連れていった」

「なんだって！」

「ルカちゃんも嫌がって、もみあいになった。もう食堂のなかめちゃくちゃなんだ。今夜の食事はどうしよう。もうみんなくる頃なのに」

カウンターの大皿料理を思いだした。あれが全部ひっくり返ったら、あのあたりの子どもたちは今夜の飯が抜きになる。おれはスマホのマイクを押さえて、おふくろに叫んだ。

「アズの子ども食堂が襲われた。なかはひどいらしい。ちょっと見にいってくる」

「子ども食堂を襲うような悪党がいるのかい。わかった、アズちゃんの様子を確かめてきておくれ」

おれがそのまま駆けだそうとしたら、果物屋の店先に声が響いた。裁判官みたいに冷酷なやつ。

「こちらに真島誠さん、いらっしゃいますか」

きいたことのない声だった。振り向くと、濃いグレイのサマースーツの若い男。黒縁《くろぶち》メガネ、白シャツに黒の細身のネクタイ。靴は黒のストレートチップだ。おれのスニーカーが五足は買えそう。おれのもナイキの新作だから決して安くはないんだがな。

「おたく、誰？」

若い男は後ろ手にもっていた薄い本をさしだした。

「牛尾主事から第一段階の本はもうさしあげたときいている。これはうちの教団の第二段階のテキストだ。よろしければ、お読みになってください。わたしは天国の木教会、東京本部事案対策課課長、原田《はらだ》静《しず》木《き》といいます」

シズキ、本名だろうか。おれは気圧《けお》されて、パンフレットを受けとった。題名は、なぜ悪魔が現世を支配しているのか？　天国の木のロゴマーク。今度の定価は一四〇〇円だった。第二部はすこし値上がりしている。開くと、シズキの名刺がはさまれていた。

「それから、真島さんにお願いがある。うちの教団の女子に手を出すのをやめてもらえないか。牛尾流架のことだ。身に覚えがあるだろう？」

すかしたメガネのやや下、鼻先をスナップの利いたジャブで叩いてやりたかった。おふくろが横から口をはさんだ。

「土曜日のきれいな女子高生か。マコトにしたら、やるじゃないか」

シズキが横目で悪魔に支配されたおふくろをにらみつけた。おれはいった。

「すこし話をしたけど、手を出してなんかいないよ」

やつの声のトーンが急に変わった。

「若い男が考えていることなんて、お見とおしだ。おまえのような男はやることしか考えていないんだろう。頭のなかはセックスだけだ。ルカ様に汚い手を出すんじゃない。これは警告だ」

上品な顔が一変していた。自分の店の前で、そんな下品ないちゃもんをつけられるなんて衝撃である。だいたいルカ様って誰なんだ？　小松菜の煮びたしが好きなルカのことだろうか。

「ルカ様？　あんたがなにをいってるのか、ぜんぜんわからないよ」

対策課の男は冷静さを取り戻したようだ。セックスがらみになると男子中学生のように興奮する癖があるらしい。

「ルカ様はこの秋、天使組に昇格することが内定している」

宗教関係は訳がわからなかった。また新たな単語。

「ルカはアイドルデビューでもするのか？」

シズキはにこりと笑う。

「いや、そんな下界の些事《さじ》より、遥かに重要で意味のある荘重なお役目だ。天使組は教団の内部から厳選された十七歳から十八歳の清らかな乙女七名だ」

やっぱりアイドルみたいなもののようだ。おれはあきれていった。

「天使になるとなにするの？」

うっとりと夢見るような課長の目。

「ああ、きみはまだ知らないんだな。我が教団の天木公正教祖の御身の回りのお世話をしてさしあげる光栄なお役目だ。ルカ様も母親の牛尾主事も名誉あるお役目を、心よりお喜びになっておられる。要するにだ、ルカ様はおまえなんかが指もふれてはいけない、神聖な存在になるということだ」

おれは若い課長をからかってみたくなった。

「あのさ、もしおれとルカが自由恋愛して、キスとかしたらどうなるんだ？」

シズキは憂鬱そうな顔をした。

「キスか、ルカ様は昇格レースで遅れをとるだろうが、その程度なら天使組をはずれることはないだろう。真島くんの身が安全かは、われわれには保証できない」

身の安全は保証しない。あからさまな脅迫だった。おれは頭のなかで土曜の午後に調べた天木公正の記事を必死に思いだしていた。

「おたくの天木教祖って二回結婚してるよな」

当然という顔をした。悪びれずに課長はいう。

「ああ、そうだ。教祖は素晴らしい人格者で、異性にもおもてになる」

「で、確か二回とも、結婚した相手は二十歳で、二十九歳で離婚してる」

気軽にうなずいている。それがどうした？　一度目の結婚は天木が三十四歳で、相手は十四歳下。二度目の結婚は天木四十四歳で花嫁は二十四歳年下。相手が三十代になるとセックスできない病気なのかもしれない。確かふたりとも身の回りの世話をしていた信者に手を出したと記事にはあった。おふくろが驚きの声を漏らした。

「なんだい、そりゃあ。やりたい放題だね」

現在、天木公正は五十四歳。三度目の結婚相手を、この秋天使組から探すのだろう。ルカはつぎの十年間のお妃《きさき》候補なのだ。天使組のなかから、お気に入りを選んで二十歳になったら結婚する。まあ、二十九歳になればお払い箱だろうが。中東やアフリカの子ども婚のような吐き気のする話だが、天国の木教会ではそれも当たり前のようだ。宗教はときに人を盲目にする。

五十四歳のおっさんの三度目の結婚相手になるのが、光栄で名誉ある仕事か。おれはひと言寸鉄を投げずにいられなかった。

「なあ、五十を超して二十歳にもならない女を追っかけ回すのは、普通の世界ではロリコンとか、色ボケとかいうんだけど、あんたの教団ではなんていうんだ？　色毒？」

　シズキの顔色が変わった。微笑したまま肌の下で甲虫《こうちゅう》が動き回るように顔が引きつって、赤くなったり青くなったり、ホラー映画の特殊効果みたいに顔がゆがんだ。生成ＡＩのように感情のない声でいう。

「わたしは警告した。ルカ様に手を出すな。悪魔は滅ぼされる。天国の軍団に容赦はない」

　事案対策課の課長はその言葉だけ残すと、通りの先に停まった黒いアルファードに乗りこみ、いってしまった。ドアには鈍く輝く黄金の小枝のロゴマーク。

　アズの子ども食堂にいかなければならない。おれは小走りで、小雨の降りだした池袋西一番街の路地を奥にむかって走った。

　ジーンズの尻ポケットには、半分に折った教団のパンフレット。なぜ、悪魔が現世を支配しているのか？　おれもその答えを心から知りたかった。


　アズの食堂はちいさな子どもが数人暴れたぐらいの中くらいの散らかりかただった。カウンターの大皿は半分がひっくり返っていたが、残りは無事。アズはおれの顔を見ると、安心させるようにいう。

「子どもたちの夕ご飯はなんとかなりそう。今夜は大量にうどんを茹《ゆ》でて、豚バラのつけ汁でたべさせることにした。食材がすくないときの奥の手なんだけど、そっちのほうが好評なくらいの人気メニューなんだ」

　倒れた椅子を直している黒いスーツの女性が気になった。おれは視線で彼女を示した。こいつに天国の木の話をきかれて、だいじょうぶなのか？　アズはすぐに気づいてくれた。

「ああ、忘れてた。マコトくんに紹介するね。彼女はわたしの大学時代の友達で、弁護士をしてる……」

　そこで黒いスーツが背筋を伸ばして立ち、おれに名刺をさしだした。いきなりナイフを抜くような素早さ。実際同じくらい威力のある武器なのかもしれない。おれは名刺を読んだ。弁護士の肩書きの隣に「宗教二世の信仰の自由を護《まも》る会　代表」とある。

「真島さん、というよりマコトくんでいいね。話はきいてる。わたしは伊達《だて》比呂果《ひろか》、アズの旧《ふる》い悪友。その会は信仰の自由を護るというより、親から離れる脱信仰の自由を護るって意味あいのほうが強いかな。子どもにだって、親から信仰を強要されない自由はあるものね」

　ヒロカはおれと変わらないくらいの長身だった。スタイルがいい。アズと違って自信満々。

「わかった、じゃあヒロカさんはルカの話もきいてるんだな」

　女性弁護士はアズと同じくらいのショートカット。腕を組んでいった。

「というより、今日はそのルカって子と話をするために、アズに呼ばれてきたの。ひと言も交わせずに、連れていかれてしまったけど」

　おれは尻ポケットから、パンフレットの第二号を抜きだした。

「こっちが襲われたのと同じくらいの時間じゃないかな。うちの店にも天国の木のやつがきたんだ」

　パンフレットを開いて、また名刺を読んだ。

「東京本部事案対策課の原田静木課長だって。なんなんだ、事案対策課って。本庁みたいだな」

　ヒロカは眉をひそめた。

「天国の木の悪名高いなんでも屋というところかしら。天木公正直属で、いつも教団の本部にいるらしい。教祖じきじきの命令で動くという噂よ。なにかトラブルが発生すると、もうその場にあいつらがいる。若い男性二十人くらいの組織らしいんだけど、かなり荒っぽいこともするんだって」

　おれがいつも世話になっているGボーイズの突撃隊みたいなものか。

「新興宗教のトラブルって、どんなやつ？」

「それはいろいろとあるわよ。他の教団とのもめごと、選挙戦終盤の違反すれすれのテコ入れ、脱会する信者の強引なつなぎとめ、これには監禁や拉致《らち》もふくまれるって感じ。あとはそうね、不信心者への見せしめの意味での制裁とか」

　おもしろがるようにおれの目を覗きこむ。確かにおれには信仰はない。きっと死ぬまでないだろう。神を知らないまま、多くの日本人と同じように死んでいく。おれはそれでぜんぜん悪くないと思うんだけどね。世界のほうこそ神様中毒になっているのである。ニーチェが神は死んだといってから、もう百四十年ばかりたっているんだが、依存症は続いている。ヒロカが不思議そうにいった。

「それにしても、対策課を動かすほど、そのルカちゃんには価値があるのかしら。いくら天国の木でも、こんなの普通じゃない」

荒れた子ども食堂を示し、きれいな指先を振る。確かにここは一般の施設だ。乱入して無理やり女子高生を連れ去るような場所じゃない。

「ああ、それについては、おれのほうでわかると思う」

感心した様子で、女性弁護士はおれを見た。

「へえ、ルカちゃんが天木公正の隠し子とか」

おれは耳にしたばかりのぞっとする事実を伝えた。

「それならまだよかったんだけど。ルカは天木のおやじの次期お妃候補だってさ。あいつは秋から七人いる天使組に昇格する。身の回りの世話をして、お手つきになるのを待つみたいだ。天木のおやじ、五十四で独身だからね。あのいかれた教団のなかでは、たいへんな名誉だと原田課長がいってた」

ヒロカはさして高くない子ども食堂の天井をあおいだ。

「あー、そういうことか。胸糞悪い話ね。原田にしたら、お妃候補が脱会したり、他の男のお手つきになったら由々しき事案だものね。それは対策課が動くわ」

アズが険しい顔でいった。

「ルカちゃんのこと、どうしよう?」

「あんなクソ教祖の慰み者なんかにさせてたまるか。事案対策課かなんだか知らないが、おれたちに手を出したことを絶対後悔させてやる」

女性弁護士がスツールに腰かけ、腕を組んだ。

「そうはいっても、ルカちゃんは未成年で、親の保護下にあるのよね。親の承諾を得ないと、接触することすら困難。天国の木のガードもますます堅くなるし、わたしたちになにができるか」

なにができるかでなく、なんでもやるしかないのだ。おれは子ども食堂の沈んだ空気を吹き払うようにいった。

「なあ、宗教二世の信仰の自由を護る会だっけ。そこにだってすこしなら、予算があるんだろ。おれの知りあいを今回の『事案』に正式に巻きこんでもいいかな」

ヒロカがいった。

「それはいいけど、できるだけ安い料金でお願い。弁護士は士業なんていうけど、企業系の仕事をしてる人以外、ほとんどはお金なんてないんだから」

「わかった。特別料金で頼んでみるよ」

おれは天国の木教会の事案対策課に、タカシのGボーイズの突撃隊を正面からぶつけることを考えていた。原田課長がもう一度、顔色を変えるところをなんとしても見てやりたい。対策課が非合法なことをしているのなら、天木公正の使用者責任まで問いたいところだ。暴対法とは違って宗教組織では、そのやりかたはうまくいかないのだろうか。

まあ、そいつは遥か先の話。五十四歳の性欲魔王から十七歳の清らかな乙女を救うというのは、流行りの異世界転生ものにしたって決して悪い話じゃない。代々木のダンジョンに住む魔王にだって、ペナルティは与えられるべきだった。おれたちは悪魔が支配する地獄ではなく、法が守る現世に生きている。

宗教の名の下だからといって、なんでもやりたい放題にしていい訳じゃない。それだけは釘を刺してやるつもりだ。

「この新じゃがの煮っころがし、なかなかうまいな」

池袋のアンダーグラウンドの王様、安藤崇が箸の先に刺した皮つきの芋《いも》を半分かじって、そういった。おれはキングを誘って、アズの子ども食堂にきていた。近所の子どもたちの夕食のラッシュアワーが始まるすこし前だ。アズはカウンターの向こうで、フライパンをあおっている。フルーツトマトと卵の炒《いた》めもの。コツはふたつだと店主はいった。卵は塩がよく効くので控えめにすること。もうひとつは、いい油（太白《たいはく》ゴマ油）を使うこと。

「おれたちが高校生の頃、この食堂があったら、毎日きていただろうな」

アズは不思議そうにタカシを見た。当たり前だ。ベージュのプラダのサマースーツを着て、めずらしく銀縁のメガネをかけている。欧米の大学に留学中の中国共産党高級幹部の二世みたい。母親は歌手か女優で、乗ってるクルマはフェラーリという、あの国ではよくあるタイプ。

「こいつこんな格好してるけど、おれと同じでシングルマザーに育てられたんだ。あの頃はいつも腹を空かせていた。こんなご馳走はとてもくえなかったよ」

「へえ、どこのモデルがきたのかと思った。あなたが池袋のGボーイズの代表なのね。とても荒っぽいことをしそうには見えないな」

そういったのは、カウンターの端に座るヒロカだった。なんの特徴もない黒のパンツスーツに、腕時計だけカルティエの旧いモデルをつけている。

「こいつが動くのを見たら、あんただって驚くよ。タカシの兄貴は高校生のとき全国大会で準優勝したすごいボクサーだったんだが、その兄貴が自分よりも遥かに才能があるといってんだからな」

タカシは氷のように無表情。いらだったようにいう。

「昔の話はいい。仕事の話をしてくれ」

おれはいった。

「十七歳の女子高生を五十四歳のエロ教祖から助けだす」

タカシは鼻で嗤った。

「ああ、天国の木、天木公正か」

「そうだ。でも、向こうにもGボーイズみたいな実力集団がいる。東京本部の事案対策課。トレーニングを積んだ若いやつらが二十人ばかりいるらしい。荒事も得意みたいだ」

Gボーイズのメンバーはじわじわと増えて、今では四百人近くになっているらしい。タカシは強気だった。

「その対策課を潰して、十七歳を救いだすのか。それほどの難問には思えないが」

「そんなに単純な話じゃないの」

きっぱりと女性弁護士がいった。子ども食堂の空気が冷えこむ。アズが小皿に卵とトマトの炒めものをのせて、おれたち三人によこした。

「ちょっと味見してみて。塩加減これでいいかな」

アズは空気を読むのが上手い。小皿はスヌーピーの絵柄。赤と黄の色あわせがきれいだ。ひと口たべていった。

「おれは肉体労働だから、もうちょっと塩が効いててもいいけど、十分うまいよ」

キングとヒロカの声がそろった。

「これでいい」

ヒロカは子ども食堂の傷だらけのカウンターで、ノートパソコンを開いた。


「ルカちゃんは十七歳。父親は亡くなっているので、親権も監護権も母親の牛尾果歩流にある。たとえ今回の天使組への勧誘を断れても、あの母親のもとにいたら天国の木との関係を断ち切るのは難しいと思う」

おれはヒロカにいった。

「法律なんて、面倒なもんだな」

「ええ、おかげで宗教二世をめぐる仕事が、わたしにたんまりと回ってくる。たいしたお金にはならないけどね」

キングがいう。

「そういうときのルーティンは？」

「親権をもつ親がなんらかの理由で十分に子どものケアができないときは、親権辞任許可の審判を求めることになる」

法律にはいろいろな抜け道があるものだ。おれはいった。

「へえ、どんな理由なんだ？」

「通常は重い病気とか、経済的な困窮とか、刑務所への服役や海外転勤。育児放棄や虐待だと親権停止の審判になる。それに最近では親による宗教の強制が加わってきた。そういうのも虐待の形のひとつじゃないかって。そこでわたしたちがやっている『宗教二世の信仰の自由を護る会』の出番になるの。まあ、親と同じ宗教を信仰しない自由なんだけど」

「なるほど」

おれはそういって、キングと目を見あわせた。なんだか複雑な展開。タカシはさらさらのかき氷みたいにいう。

「わかった。法律問題はヒロカにまかせる。おれたちはルカを守る。そいつは絶対だ。それ以外に、なにかやってもらいたいことはあるか」

女性弁護士がしばらく考えた。

「うーん、それなら、なんでもいいから、ルカちゃんが母親に虐待を受けている証拠を集めて欲しい。あとは教団の内部で、あの子が不当に扱われている証拠かな。それがあればかなり有利に審判を運べると思う。まあ、それも十八歳の誕生日を迎えるまでなんだけどね」

うーん、おれには意味がよくわからない。法律問題は、ちんぷんかんぷん。

「二〇二二年から、成年年齢が引き下げられて、親権は十八歳になるまでになったの。だから、審判のほうも時間をかけてだらだらと引き延ばせば、こちらに有利に働くんだ」

　カウンターの奥で、チェックのネルシャツを着たアズがいった。

「わたしはここでルカちゃんにしっかりとたべさせて、あの子の心のケアをするつもり。最終的にはルカちゃんが自分で決めることだから」

　ヒロカがため息をついていった。

「一番たいへんなのはアズかもしれない」

　ルカの心のフォローか。炎症を起こした白い肌を思いだす。薬は毒だといって、ごく普通のかゆみ止めさえ使用を禁じられている十七歳。ヒロカがいう。

「何年か前にね、同じような親権の審判があったんだ。女の子は十五歳だった。その家はシングルファーザーの世帯でね、家事をすべて娘にやらせていただけでなく、アルコール依存症傾向のある父親は、酔うとその子にたびたび暴力をふるっていた。審判はわたしたちが勝ったんだけど、最後に父親が涙を流して、これからは心を入れ替える、亡き妻とこの子のために生き直しますといったの。その子も泣いていたし、弁護士のわたしも涙ぐんだくらい胸に迫る様子だった。十五歳からは子どもは親権者を選ぶことができるので、女の子は父親のところに帰っていった。何度もわたしに頭を下げて、お礼をいっていた。これから幸せになりますってね。審判は無駄になったけど、あの子が選んだ人生だから、それもまたよしかなって、わたしは単純にそう思っていた」

　嫌な予感がした。なぜいいことはわからないのに、悪いことにはすぐ気づくのだろう。

「二カ月ほどして、うちの事務所に警察から連絡があった。あの女の子が死んだ。父親に殴り殺されたんだって。場所は風呂場で、女の子は全裸だった。容疑者の父親は黙秘でなにも語らないけど、審判で恥をかかされたと恨んでいたらしい。自宅に帰ってからは性的虐待も始まっていたようだって」

子ども食堂が無音になった。エアポケットに滑り落ちたみたい。

「父親も母親もいないお葬式に、わたしはひとりでいった。棺《ひつぎ》の小窓の顔が、今でも忘れられない。雨に濡れてぶよぶよのダンボールみたいに顔がふくらんで、両目が埋もれていた。最期のお化粧なんて無駄だったの。ぜんぜん盛れていなかった。かわいい子だったんだけどね。あの子がなんといっても、親権者を父親なんかにさせるんじゃなかった。今なら、どんな手を使っても、あの父親を止めてやる。後悔も悔しさもぜんぜんなくならないの」

キングの声はすこしも湿っていなかった。冷蔵庫のなかの暗闇のようにクール。

「わかった。その十七歳を、親と天国の木から引き離す」

それから、おれとアズ、最後にヒロカに目をやった。

「どんな手を使っても、おれが止めてやる」

それから二日ほどたった雨の夕方だった。おれはルカのラインを知っているけれど、とくに連絡することはなかった。いつものように退屈な店番をしているだけ。詳しくわからないが、アズとヒロカはなにかとルカのフォローをしているようだ。

アズから電話があったのは、客に出始めのスイカを選んでいるときだった。ちなみにスイカを叩いたときの音は、ボンボンと低く響くようになったらたべ頃な。

「なにかあったか？」

声をひそめてアズがいった。

「うん、やつらがきた」

「対策課？」

「そう、今日の放課後からルカちゃんがどこかに消えたらしいの。あいつらも必死に捜してるみたい」

「そうか、わかった」

「で、今もうちの食堂の前に、ふたり立ってる。だから、そっちにも誰かいくんじゃないかな。気をつけて、マコトくん」

おれは雨空を見あげた。まだ日が暮れるには間があるが、どんよりと鉛色《なまり》の雲が低く垂れこめている。

「ルカに連絡は入れたのか？」

「うん、ラインは既読スルーで、電話のほうは応答がないの」

了解、なにかわかったら電話をくれといって、通話を切った。そこに、おふくろの驚いた声がする。

「マコト、かわいらしいお客さんだよ。ちょっと相手をしていておくれ。あたしは上からバスタオルとってくる」

おれはうちの店先に目をやった。長雨でびしょ濡れの西一番街に、びしょ濡れのルカが立っていた。セーラー服が透けて、キャミソールが見えている。

「どうした、だいじょうぶか？」

おれが駆けよると、ルカは淋しそうに笑った。

「もうどうしたらいいか、わからないよ……わたし、これからどうしたらいいの？」

「なにがあったんだ？」

ルカの前髪はぺたりと額に張りつき、絶望した目を片方だけ隠していた。

「今日は三者面談だったの。うちのお母さんとわたしと担任の先生」

放課後によくある普通の高校の風景だろう。

「それで、どうしてそんなにずぶ濡れになるんだよ」

ルカは赤く腫れた二の腕をかきながらいう。

「高校卒業後の話になったんだけど……うちのお母さんが先生にいったの……この子の進路はもう決まっていますって……わたしにはなにも教えてくれなかったのに」

進路の話？　まったく意味不明。おれのときには進学という選択肢はなかったしな。

「で、お母さんはなんだって」

おれは地団太《じだんだ》を踏む美少女を初めて目撃した。ルカはカラータイルの地面を、学校指定の黒いローファーで悔しそうに蹴りつけた。

「そんなの絶対に嫌なのに……教会がつくる新しい大学の特待生に決まっているって……天国の木国際大学っていうんだって……そんな大学にいったら……わたし一生あの教会から離れられなくなる……」

工業高校卒のおれにはよくわからないが、卒業した大学の名前は一般社会では一生ついて回るのだろう。就職するときや結婚のときも。天国の木国際大学か。なんにでもインターナショナルとつけるのは、日本人の悪い癖だよな。ルカは怒った猫のように、フウフウと肩で息をしていた。

「それだけじゃない……うちのお父さんが病気で亡くなったとき残してくれた……生命保険のお金も……」

　そこで言葉を切ると涙を落とした。

「天国の木に全額寄付するって……どうせ、わたしの進学資金にあてるつもりだったから……特待生は学費無料だから……神様に寄付してお母さんとわたしのランクを上げたほうが得だって」

　虹の七色に金銀の名をつけた十段階の信者ランキングを思いだした。おれにはカオルの計算が透けて見えるようだった。大金を寄付して上位ランクになったうえで、ルカが天木公正の三人目の妻になれば、教会の高級幹部になるのも夢じゃない。税金のない宗教団体はとんでもなく儲かるのだ。なにせ教祖様の代々木の自宅が評価額四十億円だからな。天国の木は現世では膨大な金を生む。


　おふくろが二階から戻ってきた。来客用のふかふかのバスタオルで、ルカの肩をくるんだ。

「まあ、こんなに雨に濡れて。身体だって冷え切ってるじゃないか。ちょっとうちにあがっていきな。あたしの服を貸すし、髪も乾かしてあげるよ」

　雨のなか派手なスリップ音が鳴って、黒いアルファードが店の前で急停止した。ドアには黄金の小枝のロゴマーク。ドアが開き事案対策課の課長がおりてくる。また灰色のスーツだった。グレイマンか、こいつ。

「そこまでにしてもらおう」

シズキはおふくろがかけたバスタオルをルカから引きはがし、雨の路上に叩きつけた。教団のロゴが刺繍《ししゅう》された黒いタオルでくるみ直す。

「おい、真島誠、ルカ様に近づくなといっただろ。不幸なことが起きなければわからないようだな」

おれは歯をむきだしにして、シズキに笑ってやった。

「不幸なことって、なんだよ?」

「真夜中の池袋で見知らぬ悪魔に出くわす。おまえはルカ様に低劣な欲情を抱いた罪で、悪魔にぼろぼろにされる」

いつの間にか、シズキの後ろに三人のグレイスーツの男たちが立っていた。ふたりは首が消火栓のように太い柔道かラグビー選手かという分厚い胸をした男。もうひとりは木の棒のように細い男だった。身長は百九十センチをいくつか超えるくらいの高さだが、体重はひどく軽そうだ。おれとたいして変わらないかもしれない。シズキが馬鹿にしたようにいう。

「それともルカ様とおまえの卑《いや》しい母親が見ている前で、裁きを下してやろうか。地獄からきた悪魔は強いぞ」

そのとき、おれは肩をぽんっと軽く叩かれた。飛びあがるほど驚いた。さわられるまで、誰かが近づいてきたことにも気づかなかったのだ。

「待たせたな、マコト」

池袋のキング・タカシだった。忍者か、こいつ。傘はさしていない。ルイ・ヴィトンのロゴがでかでかと入っていないほうのジャージ姿。おれは小声でいった。

「なんでここがわかった？」

「ルカにGボーイズの尾行だ」

タカシはそれだけつぶやくと、おれの後ろから二、三歩すすみでた。ゆっくりと流れるようだが、足が地面に張りついて、力を地中から吸いあげているような安定感だった。タカシ独特の重いのに軽い歩き方。それを見ていたグレイマンのなかで、ひとりだけ顔色を変えた。あの棒のようなのっぽだ。筋骨隆々の男たちとシズキはなにも感じていないようだった。課長が馬鹿にしたようにいう。

「なんだ、またルカ様に粉をかける下品な男の登場か。真島、こいつは誰だ？」

その場の気温が急降下した。タカシのまわりに降る雨粒がそのまま白く凍りつきそうだ。おれはシズキのすべての前歯が砕け散り、凍った雨粒といっしょに粉雪のように西一番街の路上に散る風景を予想した。タカシはゆっくりとジャージの尻ポケットから、一枚の名刺をとりだした。

「おれはマコトの友人で、安藤タカシ。『宗教二世の信仰の自由を護る会』の伊達弁護士から依頼を受けて、牛尾ルカの調査をしている」

シズキはさしだされた名刺を一瞥したが、受けとりもしなかった。

「また親権か監護権の審判か。あの女にも困ったものだ。おまえたち悪魔の手先がすることは、代わり映えがしないな。ということは、この場で一番強いのが誰かは、もうわかっているな」

皮肉たっぷりにそういうと、シズキは後方のアルファードを振りむいた。

「牛尾主事、こちらにきてください」

前回とは別の型の白いワンピースにジャケットを着たカオルがおりてきた。課長といっしょにルカをサンドイッチにする。おれは唖然《あぜん》としていた。この場で最強なのは、タカシでも対策課のマッチョでもなく、親権なのだ。ルカの親権をもつカオルが最強である。

「どうする？　今すぐ警察に電話をかけて、母親の意に反して高校生の娘を連れていこうとしている果物屋の店番と弁護士事務所の調査員がいますと、伝えてやろうか」

おれは両手をあげた。ここでこれ以上もめても、どうにもならない。

「おまえはすこしは道理がわかるようだな、真島。さあ、牛尾主事、ルカ様をクルマへ」

タカシが凍りついた声でいう。

「おまえはほんとうの悪魔が、なにか知らない。近いうちにほんものに出会うことになるだろう。若い嫁を探してるバツ二の教祖に、今のうちに祈っておけ」

さすがに決め台詞の王様だった。おれは絶望しきった目で、黒いミニバンに乗りこむルカに、できるだけ明るく声をかけた。

「ルカ、なにかあったら、おれたちに連絡しろよ。大人にもちゃんと味方がいるからな」

きっと高級なコーティングをしてあるのだろう。黒いアルファードは雨をはじきながら、池袋駅西口から走り去った。

店番をおふくろにまかせて、おれはGボーイズの公用車に乗りこんだ。ボルボの一番おおきなSUVで、白い革張りのソファがある会議室みたいな雰囲気。エンジンはひどく静かなので、室内にはタイヤの水切り音しか響かない。

「タカシ、さっきの対策課のやつら、どう思った?」

タカシは鋭い横顔で、窓の外を流れる明治通りを眺めている。

「まあ、いつもの力自慢だろうな。捕まらなければ、問題はない。ただ……」

「あののっぽだろ。あいつ、タカシが歩くところを見ただけで、顔色変えてたぞ」

キングが人の言葉を話すプードルでも見つけたように、おれを見た。

「マコトも気づいてたのか」

タカシの手は確かに速いが、おれの目だって負けていない。

「ああ、だけど歩きかたになんの意味があるんだ?」

「ボクシングに限らず格闘技では、歩きかたを見れば、そいつが下半身や体幹をどれだけ鍛《きた》えているのか、簡単にわかるんだ。どれくらいの打撃力があるか、どんな速さか。おおよその見当はつく」

そうなると、あののっぽは危険そうだった。分厚い胸筋のふたりは敵を評価する目がないし、タカシのスピードについてこられるとは思えない。

「だいじょうぶか。あいつはどんな格闘技やってるんだろうな。えらく細かったけど」

グレイのスーツはだぶだぶで、腕も脚も棒のように細かった。タカシは笑っていう。

「なんらかの打撃系だとは思うが、そんなことは考えてもわからない。いざというときは、自分の直感と分析力、論理構築力を信じるさ」

論理構築力？　そんな言葉をタカシからきいたのは初めてだった。

「まさかと思うが、ボクサーはリングでアドレナリンの嵐に酔って、腕をぶん回しているだけだと思ってないだろうな、マコト」

おれはボクシングのことを真剣に考えたことはなかった。たまにオンエアされる日本人チャンピオンの世界戦を観るくらい。

「トップランクのボクサーは誰でも一撃で相手を倒す力がある。だから、優劣を決めるのは、スピードとここだ」

キングが自分のこめかみを指した。

「フェイントをかけて、たがいに誘いあい、裏の裏を読む。分析力と戦術で勝つゲームなんだ。誰よりも強いボクサーは誰よりも考えるやつなのさ。頭が悪くちゃ、ボクシングには向いてない」

おれは半分皮肉でいってやった。

「じゃあ、タカシは頭がいいんだな。おれと同じ工業高校卒でもさ」

「そういうことになる。だが、マコトだってなかなかじゃないか。世のなかに出てみてわかっただろ。たいていのやつは、どんな学校を卒業していようが間抜けで、現実の世界よりも自分が信じたい甘ったるい幻を信じている。だから、天木のような偽物に人が群がるんだ」

タカシのいう通りだった。①学歴なんて頭のよしあしにさして関係ない。②おれたちは真実より耳当たりのいい嘘のほうが好きだ。③そこにつけこむ悪党がいつの時代にも存在する。高校の教室で、こういう悪についての構造的な知恵を教えてくれたらよかったのに。そうすれば間抜けな新興宗教に自らはまっていくルカの母親のような人間もぐっと減っていくことだろう。赤い光に酔って、火のなかに飛びこむ虫みたいなやつな。

「ボクシングの講義はいつかユーチューブで実戦を観ながらやってやる。それより、ルカをどうするんだ？　母親がもってる親権には、おれの拳は届かないぞ」

おれはスマートフォンをあげて、タカシに見せてやった。

「タカシは日曜空いてるか？」

「おまえとふたりで過ごすのか？　だったら、空いてない」

まったく冷酷な王様。庶民の支持率なんて、どこかの国の首相と違って気にもしないのだ。

「まあ、いいや。こいつを見てくれ。今、おまえのスマホに送る」

おれが見せたホームページは「天国の木教会　天木公正教祖　第五十五回生誕祭スペシャルイン　日本武道館」というタイトルだった。タカシはざっと目を通すといった。

「今週日曜の武道館。アリーナ席一万六千円、二階席一万円か。大物外タレ並みのチケット代だな」

おれはディスプレイをスクロールさせて、下のほうの注意書きを見せてやった。

「その席は信者専用だ。三階席、四階席は、一般に開放されている。入場料は無料だよ。こいつを一冊もっていくだけでいい。ほら、タカシとおれの分だ」

おれはルカの母親からもらったパンフレットを見せてやった。

「それに生誕祭にきてくれた一般客には、市価二万八千円相当の教会グッズをもれなくプレゼントだそうだ」

タカシは唇の端をつりあげていう。

「なるほど、カモをしっかりはめるまでは、甘い汁を吸わせるんだな。いかさま博打《ばくち》と同じだ」

まったくの同意。そうやってはめたカモを洗脳して、宗教ゾンビにつくり替えれば、毎月収入の三割四割と自分から喜んで献金してくれるのだ。営業活動も、交通費も、経費もすべてゾンビ信者もち。こんなにいい商売はとてもやめられない。今から百年たっても、新興宗教は生まれ続けるだろう。人は神を求め続け、ビジネスチャンスは目の前にあるのだから。ＡＩがいくら論理的に説得しても、人は自分の好きな神の幻想を選ぶだろう。

「で、タカシは日曜空いてるか？」

キングは目の端で、おれをかするようにとらえていった。

「ああ、そういうことなら問題ない。日曜にマコトと出かけるなんて、高校以来だな。想像したら寒気がしてきた」

池袋の街に血の雨が降る赤色革命を起こせないものか。おれは一瞬そう思ったが、すぐに危険なアイディアを捨てた。専制的な権力を使わない癖に、タカシの支持率はプーチンや習近平並みに高いのだ。おれひとりでは残念ながら勝ち目はない。

うちまで送ってくれるというキングの言葉に甘えて、おれは池袋本町の子ども食堂にボルボを回してもらった。雨は小降りになったが、まだ降り続いている。おれはガラス格子《こうし》の引き戸を開けて、顔を出した。醤油《しょうゆ》とショウガのいい匂い。

「ここじゃあ、いつも料理つくってるんだな。アズさん、ちょっと話をしてもいいか」

リストカットだらけの街の聖女が、カウンターの向こうで顔をあげた。

「心配してたんだよ。そっちのほうは、どうだった？　うちのほうは小一時間前に、見張りが帰っていったけど」

うちの店の前で、ルカが黒いアルファードに乗りこんだ時間と同じだった。

「その時間に、ルカが教団にさらわれていった。向こうには親権者の母親がいるから、こっちは手が出せなかったよ」

「そうなんだ。通常業務って感じね。親はみんな自分の宗教が、子どもを幸せにするって頭から信じてるから。ちょっと味見して」

アズは小皿にブタの三枚肉のショウガ焼きを載せて、渡してくれた。三枚肉の脂以上に、新タマネギの甘さが沁みてくる。このまま晩めしにしようかと思った。

「ルカのほうの新情報だ。あそこの母親は新設される天国の木の大学に、ルカを特待生として送りこむ約束を教会としたみたいだ。おまけにダンナの死亡時の生命保険の金を、全部教会に寄付するつもりらしい」

アズは絶望的な表情になった。ガスの火をとめると、大皿にショウガ焼きを盛りつける。

「ルカちゃんのお母さんは、かなりの野心家みたいね。教会のなかでの出世を真剣に狙ってるみたい。そうなると、ルカちゃんはさらに苦しい立場に追いこまれちゃうなあ」

おれはうんざりしながらいった。

「ああ、そうだな。なんだか、江戸時代の将軍の話みたいだよな」

アズは手を休めることなく、つぎの料理にとりかかった。オリーブオイルとガーリックの匂い。ピーマンの肉詰めのトマト煮こみだ。

「三百年前でも、現代でも変わらないんじゃない。力のある男につけこむには、若くてきれいでか弱い女子が一番効果的だもの。天木公正に気にいられるためなら、どんなことでもしろって、あのお母さんならルカちゃんに命令するよ。天使組の誰よりも先に、身体をさしだせって」

つい一時間前、うちの店先で雨のなか泣いていたルカを思いだした。あの子に無理やり色仕掛けを迫るのは、実の母親なのだ。そんな親子関係のどこに信仰や正義があるのだろうか。

「天国の木の大学じゃなくて、ルカはどこにいきたかったんだろう」

あの子にも希望する道があったはずだ。そうでなければいくら宗教系とはいえ、あれほど特待生としての大学進学を嫌う理由がわからない。アズはふふっと吐くように笑った。

「わたしと同じなんだ。児童福祉とか教育にかかわる学部にいきたいみたい。子どもの頃にひどく傷つくと、同じような境遇の子を放っておけなくなる。人には可能性がいくらでも開けているなんていうけど、一度そういう経験をしちゃうと、もうよそ見なんてできなくなるんだ」

「……そうか」

おれは甘くて馬鹿なので、すこし泣きそうになった。

「困っている子たちに手をさし伸べることで、誰も助けてくれなかった子ども時代の自分を助けてる気もちになるのかな。何人助けても、過去の自分は救えないんだ。タイムマシンなんてないから、そんなこと絶対誰にもできないんだけど。それでもやめられない」

おれは子ども食堂を見まわした。壁にはにぎやかにいろいろと貼ってある。地域の子どもたちの寄せ書きの中央には、アズさん、いつもおいしいごはん、ありがとうと太いサインペンで書かれていた。丸くぎっしりと子どもたちのサインが周囲を埋め尽くしている。へたくそだが、元気で明るい絵が何枚か。お日様とライオンと家族。

おれはカウンターの横に目をやった。ひとり、ひとつ。古着とスニーカーの入ったダンボール箱がおいてある。おれの古いナイキ、黄色のハイカットのバスケットシューズが見えた。気にいって買ったのだが、派手過ぎて二、三回しかはいていないやつだ。ここは城なのだと、おれは思った。この世界の貧困という残酷さから、子どもたちの心と身体を守る要塞だ。

「アズさんも将軍なんじゃないかな」

おれはなぜかそんなことを口走っていた。アズは淋しそうに笑った。

「抗鬱剤のみながら、ピーマンの肉詰めをつくる将軍なんていないよ」

おれは子どもたちの寄せ書きを指さした。

「おれが思うに、アズさんはこの街一番の権力者だよ。子どもたちがみんな感謝して、尊敬してる。宗教の権威も、政治の権力も、金の力も使わずに、みんなに信頼されてるだろ。毎日つくるおいしい料理の力でさ。それって一番えらいことなんじゃないか。江戸の将軍だって、宗教の開祖だって、ぜんぜんかなわないさ」

アズの目から涙が突然ひと粒こぼれた。続きはリストカットの傷を隠す袖口で、あわててぬぐってしまう。

「ありがとね。今度、わたしが死にたくなったら、マコトくんに電話するよ」

おれはしっかりと意志をこめて、笑った。

「ああ、何時でも何十回でもいいから、気にせず電話してくれ」

宗教の手口を利用するのもいいなと、おれは思った。南無妙法蓮華経《なむみょうほうれんげきょう》、南無阿弥陀仏《なむあみだぶつ》、アッサラーム・アライクム。何十回でも繰り返せば、いつか自分がしていることのほんとうの価値が、きっとアズの心のなかに不滅の確信として刻まれることだろう。

まあ、おれたちはみな、普段思っている通りの人間なのだ。


日曜はあいにくの好天だった。梅雨の合間の快晴の空は、爽やかに晴れて、皇居周辺の緑はたっぷりと水分を含んで、うれしげに風に葉先をそよがせている。おれとしては、季節外れの大雪でも黄砂の嵐でもよかったくらい。

武道館の周辺には、天木公正の生誕祭を祝うのぼりが立てられ、多くの信者が集まっていた。おれとタカシはエントランスに続く階段の途中で立ち止まり、あたりを観察していた。年代層はばらばらだが、一番多いのは四十代くらいだ。若者は案外すくない。おれは続々と集まる人波を見ながらいった。

「元英語教材のセールスマンの五十五回目の誕生日を祝うために、こんなに人が集まるんだな。前世でなにかとてつもなくいいことでもしたのかな」

タカシは冷凍光線のような視線を、おれに向けるという。

「くだらない固定観念は捨てろ。そのロジックだと、現世で恵まれないやつは、みな前世で罪を犯した者になる。輪廻転生や因果論は現状肯定のたちの悪いファンタジーだ」

タカシにかかるとインドの悠久の宗教思想も、ひと言でばっさり。切れ味のいい王様。おれは手にしたパンフレットを確認していった。

「おれたちもそろそろいこう。今は見かけないけど、何人かGボーイズを武道館に潜入させてるんだろ」

「ああ、おれたちには近づくなといってある。距離をとって警戒しろとな。人数は六人だ。今日は偵察で、ドンパチをするわけじゃないしな」

おれはうなずいた。

「そうだ。敵の情勢を確認して、情報を集める。向こうがしかけてこなければ、手を出すつもりはない」

池袋のキングは冷ややかに笑った。

「おれとしては、いつ威力偵察に切り替えてもかまわない。あの対策課の課長、宗教人とは思えない品のなさだったな」

タカシはぱちんと右手の拳を、左のてのひらに叩きつけた。きれいに澄んだ高い音。ビブラフォンみたいだ。

「やつはマコトのおふくろさんのことを、卑しい女といったな」

確かにそんなことをいっていた。タカシの母親は高校時代に病気で亡くなり、それ以降うちのおふくろのことを、なにかと頼りにすることが多かった。おれよりずっとおふくろを大切に思っているようだ。

「この拳で、やつのあごを砕いてやったら、気が晴れるんだがな」

そいつは確かに見物だった。

「楽しみだ。おれがその場にいるときにしてくれ。さあ、いこう」

おれたちは薄っぺらなパンフレットを手に、武道館の闇にのまれる人の流れに混ざりこんだ。


無料の三階席は二割ほどの埋まりぐあいだった。やはり無料でも、日曜の夕方天国の木教会のイベントにくるヒマ人はいないのだろう。おれたちは最前列に席をとり、手すりの向こうに広がるステージを眺めていた。巨大なディスプレイには世界中の政治家や芸術家といっしょにフレームに収まる天木公正の写真がつぎつぎと流れていく。金をばらまき権威のある者と親交がある印象を与える、よくある詐欺師の手口だ。

アリーナ席と二階席はほぼ百パーセント埋まっていた。お決まりの信者からの資金回収イベントなのだろう。みな笑顔で善良そうで、仲がよさそうだ。必要以上にいい人を演じる小学校の参観日の親たちみたい。タカシがピアジェのコインのように薄い腕時計を確認していった。

「五時、時間だ」

同時に会場が暗転した。ステージ横一列にフラッシュがたかれ、七色のレーザー光線が客席を駆けまわった。ＨＴエンジェルスというロゴがディスプレイに浮かぶと、ひとりひとりのメンバー紹介が始まった。タカシがあきれたようにいう。

「なんだ出来の悪いアイドルのコンサートか」

会場でもらった式次第を見ると、ヘブンズ・ツリー・エンジェルスは天木公正の身のまわりの世話をする天使組そのものだった。対マスコミやイベント会場では、歌とダンスで熱烈に布教に励んでいるそうだ。スパンコールを縫いこんだ白いミニドレスで、七人の二十歳の信者が太ももをさらけだして踊っている。歌のほうは今ひとつだが、ダンスはなかなか上手かった。

「あれがルカがつぎに選ばれる天使組だってさ。十八で入ってハタチになればお払い箱だ」

曲調は昔ながらのエレクトロ・ダンス・ミュージック。ドラムもベースも、ホーンやストリングスもすべて安っぽいシンセサイザー。リアルな楽器はエレキギターだけだ。タカシがいった。

「こいつが続くなら、おれは帰るぞ」

エンジェルスのパフォーマンスは三曲続いた。歌の出来にはふさわしくない熱狂的な歓声が巻き起こる。続いて、なぜか表彰式が始まった。全国各支部で、どれほど天木公正の本を売りあげたか、信者を獲得したか、献金額の上位はどこか。各ベストテンが発表され、上位三支部の代表には、本部からメダルの授与がある。メダルをもらった信者たちは抱きあって、跳びはね、涙を流していた。

「なんだ、この茶番は。営業部の期末の打ちあげみたいだな」

確かにキングのいう通り。やつらは英語教材や、中古車や、マンションの売上を競っているようだった。天木公正が思いつくイベントというのは、こういうものなのだろう。全知全能の神の生まれ変わりである教祖でも、イベント演出の才能はないようだ。それがだらだらと三十分近く続く。おれも音《ね》をあげそうだった。

それはそうだよな、信仰のない身からすると、こいつは田舎企業の営業イベントそのものなんだから。


生誕祭開始から九十分後。ようやくメインイベントが始まった。天木公正教祖の講話である。暗くなった武道館にファンファーレが響いた。格調高いが陽気で明るい開始の音楽。モンテヴェルディの「聖母マリアの夕べの祈り」を、シンセサイザーでつくり直したものだった。コーラスの部分は言葉のないヴォカリーズになっている。音楽だけは趣味がいいスタッフがいるようだ。ルカの母親のことを考えると、すこし皮肉な気分になるけれど。聖母マリアと聖母カオルか。神の生まれ変わりに娘を献上できたら、宗教的にはどれくらい出世できるのだろうか。

暗闇が白熱して、場内の照明がいっせいに点灯した。ステージの中央に据えられた四《し》角錐《かくすい》台の演壇に、法王のように黄金のローブを着た教祖が立っていた。地鳴りのような歓声。アリーナ席の前方には、顔をおおって泣いている信者が何人もいる。中途半端なパーマの長髪に、よく日に焼けた顔。あごはがっしりとして、二十年前の時代劇俳優みたいだ。

「みなさま、たいへんながらくお待たせしました。わたくしが、天国の木教会の教祖にして、全知全能の宇宙神の生まれ変わりでございます。ずっと座り続けで、肩も腰も凝ったことでしょう。

まず、腕を上に伸ばしましょう。はい、ゆったりと揺らしますよ」

アリーナ席と二階席にいる有料の信者四千人ほどが、潮に揺れる海藻のように腕をあげ、左右に動かした。

「はーい、みなさん、気もちいいですねえ。では、身体をひねって、イチ、ニイ、サン、シー」

座席の上で、四千人が身体をひねる。タカシがつぶやいた。

「おれはなにを見せられてるんだ？」

天木公正は終始笑顔で、話が上手い営業マンのようだった。この男に、公称の百万とまではいわないけれど、数十万人の信者がいることが信じられなかった。宗教的な権威とか荘厳さとか天界の知恵とか、教祖にふさわしい魅力がまったく感じられない。

フェイクニュースの時代のフェイク宗教のフェイク教祖、そのものだった。


「みなさんは実によくがんばっておられる。神は見ています。悪魔が支配する地獄の世界で、あなたがたひとりひとりが、神のために命を燃やして戦っているのを。まあ、ほんとうに死んでしまってはいけませんよ。信仰もそこそこに、家族や恋人や友人も大切に。いいですね」

四千人のコール&レスポンスが始まった。

「はい、コーセーシン」

「あなたがたに嘘ばかり吹きこむ悪魔の手先、世俗の人々やマスコミのいうことを信じてはいけません。それは地獄への道です」

「はい、コーセーシン」

天木公正は両腕を広げて、朗々とでたらめを語っている。ある種の心の病の症例として使えそうだが、すべてが演技のようでもあった。営業成績を上げるための客前の演技だ。

「いいですか、真実はすべて書いてあります。どこにか？　天国の木教会のホームページに、宇宙の真実はすべて書かれているのです」

地鳴りのようなレスポンスだった。三回目でようやくわかった。コーセーシンとは公正神なのだろう。ドラゴンボールの界王神《かいおうしん》くらい軽い神様だった。

おれの横ななめ上から声が降ってきた。

「真島誠だな、事案対策課の原田課長が話があるそうだ。そいつといっしょにきてもらおうか」


見あげると、グレイスーツのこの前見かけたマッチョだった。タカシのことをそいつよばわりか。勇気があるやつ。おれたちは席を立ち、通路の階段をのぼり、武道館の薄暗い廊下に出た。イベント開催中なので人はいない。非常口の緑のサインの下で、シズキが待っていた。おれを見ると、にやりと笑っていう。

「どうだ、うちの教会のイベント、すこしは感心したか」

両手を胸の前で祈るように組んでいった。

「おれみたいな悪魔の手先には、ほんとにためになる話ばかりだったよ。とくに最後に出てきたセールスマンはいいな。ちょっと年はくってるけど、あいつならよく本が売れそうだ。名前なんだっけ?」

「貴様!」

シズキの両脇に立つマッチョが、顔を赤くして一歩踏みだした。対策課課長が鋭くいった。

「やめておけ」

探るような目でおれとタカシを見てから、シズキはいう。

「今回はちょっと警告をしておきたくてきてもらった。おまえと安藤、それに子ども食堂の関本と伊達弁護士、おまえたち四人はまだルカ様のまわりをうろちょろしているようだな。だが、これから十日ほどは動くのをやめておけ。いいな、これは神からの警告だ」

ずいぶんと事情通の神様だった。氷の壁のような顔をしたタカシがいった。

「おれたちが動くとなにが起きるんだ?」

「さあ、神が下す罰は地上の人間には予測できない。なにが起こるんだろうな、おまえたちとおまえたちの大切な人やものに。真島はあの西一番街の果物屋が実家だな。母親とふたり暮らし。関本が運営する池袋本町の子ども食堂は、毎月わずかな赤字を生んでいる。おまえは知らないだろうが、あそこのマンションオーナーは子ども食堂を決してよくは思ってない。汚い格好をした貧乏人の子どもが毎日何十人もやってくるんだ。当然だな」

その場の空気が凍りついた。タカシが無表情なまま猛烈に怒っている。キングの怖さを知らない課長がおれを見て笑った。

「あの食堂や果物屋に天からの雷が打ちおろされて、火事にでもなったら、どうなるんだろうな。食堂や店は続けていけるのかな。果物屋は池袋の駅前で、もう三十年も続いているというじゃないか。地域密着の店が閉まったら、地元の客が悲しむなあ」

タカシが氷の粒でも吐くようにいう。口から白く冷気が落ちそう。

「事案対策課のチンピラが、マコトの店に火をつけるといっているのか」

シズキは両手を広げた。

「そんなことを、わたしたちがするはずがないだろう。神が悪しき軍団に、怒りの火を降らせるといっているだけだ。神の怒りの結果は、地を這《は》う人間には予想できない。神話というのはそういうものだよな、真島？」

おれは黙っていた。こいつにはなにをいっても無駄だ。たくさんの金と偽物だが強力な宗教的権威に守られて、安全な場所から敵対する人間に嫌がらせを続けてきた男なのだ。卑怯な脅迫もお手のもの。逆に自分が狙われることがあるなんて、想像したことさえないのだろう。

「なあ、タカシ、世界に神様はひとりだと思うか」

キングは微《かす》かに笑って、おれを見た。

「日本には確か八百万《やおよろず》の神がいたな」

「じゃあ、天国の木教会に怒った別の神様から、罰がくだることもあるよな」

おれのいいたいことがタカシに伝わったようだった。廊下での会話は、キングが幕を引いてくれた。

「原田課長、おれたちだけでなく、あんたたちの頭にも雷が落ちることはある。明日から頭上にいつも注意しておけ。天木公正よりもっと偉い怒れる神が、嘘つきのおまえたちを見てるぞ」

シズキは呆然《ぼうぜん》としていた。そんなふうに獲物からいい返されたのは初めてだったのかもしれない。それで、おれたちは日本武道館を離れた。護衛のＧボーイズは最後まで姿を見せなかった。こちらの筆頭戦力は最後の決戦まで隠しておいたほうがいい。二万八千円相当だという教会グッズは、おれもタカシももらわなかった。天木公正の顔がプリントされたマグカップなんて欲しくないし、家にもち帰ってゴミの分別をするのが面倒だったからな。

数日後、アズから電話があった。ルカがきているという。手近なフルーツをレジ袋に突っこんで、エプロンを丸める。おふくろにひと声かけて、子ども食堂に走った。いつ天国の木がルカを連れもどしにくるかわからない。

引き戸を引くと、明るい女たちの笑い声がきこえた。

「はい、お土産。バナナととちおとめだ。イチゴのほうはルカがもって帰れよ。お母さんにたべさせてやりな。けっこう甘いぞ」

アズがはしゃいだような声をあげた。

「それよりマコトくん、ルカちゃん見て、なにか気づかない？」

おれは夏服のセーラーのルカを正面から見た。恥ずかし気に微笑んでいる十七歳。こういうのを神のつくりたもうた奇跡というのかな。いや、よく見ると何日かで変わっているところがある。

「おっ、肌がずいぶんきれいになったな」

ルカがうれしそうに笑った。腕や首筋の炎症の跡は、よく見ないとわからないくらい薄くなっている。

「うん、お母さんが優しくなったんだ。あなたは特別な子だからって、皮膚科の病院に連れていってくれた。のみ薬と軟膏でずいぶんよくなったんだ。肌がきれいだと、ほんとにうれしい」

そうなるとルカの炎症はアトピー性ではなく、布教のストレスとかの心因性のものだったのかもしれない。

「へえ、そいつはよかったな。医者の薬は薬毒じゃないんだ」

ルカは首をかしげ、口をすこしだけとがらせた。写真集の表紙にできそうだ。

「うーん、それはよくわからない。今はとても大切な時期なんだって」

つい最近、似たようなことを誰かからきいた気がした。ルカはうれしそうにいう。

「ほんとはね、セーラー服脱いで、背中を見せたいくらいなんだ」

アズが麦茶をのみながらいう。

「へえ、どうして？　ルカちゃんは背中がチャームポイントなの」

無邪気に笑っていると、宗教二世というより普通の女子高生だった。

「ううん、違うけど、今はわたし史上最強に背中がすべすべなの。一日おきにエステにいって、全身磨いてもらってるんだ」

エステのひと言で、アズの顔色が変わった。きっとおれも同じだったのだろう。強い目でアズがおれをにらんできた。声だけは優しいままいった。

「エステでは、どんなことしてるの」

ルカはおれのほうを見て、視線をそらせた。

「マコトさんがいるから、恥ずかしいよ……全身の脱毛とか、お肌のケアとか……あとは小顔矯正とか」

そこに二重まぶたのプチ整形が加われば、アイドルのデビュー前のフルコースだった。ルカの皮膚炎がつらそうだから、病院にいったのではない。あの母親は娘のコンディションを最高にしたくて、皮膚科とエステに通わせているのだ。

「あのさ、来週あたりで、なにか教会関係の行事とかないの」

ルカはまた首をかしげた。

「うーん、よくわからないけど……金曜日に本部でお目見えがあるって……お母さんがいってた」

おれとアズは目を見あわせてしまった。天国の木教会本部でルカのお目見えといえば、天使組候補として天木公正と初対面するのだろう。薬毒だといってかゆみ止めの軟膏さえ禁じていたのに、娘をより高く売りたくて教会が禁じている医者の薬さえ使わせているのだ。薬毒どころか、親毒である。

「ちょっと、アズさん、話があるんだけど外にきてくれないか」

おれは席を立って、格子戸を引き、食堂を出た。曇っていて蒸し暑い梅雨空。アズが暗い顔でやってくる。低い声でおれはいった。

「ルカがいってたお目見えって、天木公正との顔あわせのことだよな」

アズはこわばった表情で、池袋本町のマンション街を眺めている。

「うん、たぶんそうだよね。今までどんなに炎症を起こしても、軟膏さえ毒だといって許さなかったのに、あの教祖のお気に入りにさせるため、皮膚科とエステ通いをさせてるんだね。母親って、ほんとなんだろう」

新宗教にはまって自殺した母親がいたアズの言葉は重かった。おれではとても持ちこたえられないくらい。

「五十五歳のロリコン教祖のために、エステで背中をすべすべにしたのか。ルカが気の毒だ。ほんと嫌になるな」

おれたちはすこし自分たちの話に熱中し過ぎていたのかもしれない。その視線に気づいたのは、おれとアズどちらが早かっただろうか。気がついたときにはふたりともガラスの格子戸を振りむいていた。

「……ルカ！」

いつから聞いていたのかはわからない。顔色を変えて、涙目になったルカはすぐに食堂のなかに消えていった。おれも駆けるように後を追う。ルカはカウンターで学生カバンをひっくり返していた。筆箱からアニメのキャラクターがついた小振りなカッターを取りだす。チキチキという刃を繰りだす音が、子ども食堂に響いた。

ルカは銀の刃先を自分の頬に近づけた。

「……この顔のせいで……教祖様に選ばれるなら……こんな顔いらないよ」

カッターの刃先が頬にふれた。ルカは大粒の涙をぼろぼろと落としている。おれは叫んだ。

「待て！　そんなことやめてくれ」

アズも必死だった。

「悪いのはルカちゃんじゃない。大人たちのほうだよ」

　そうだ、ついでにいえば宗教でがんじがらめに子どもを縛る親や大人たちのほうだ。

「あんなやつらのためにルカが顔に傷をつけることなんてないだろ。お願いだからやめてくれ。おれたちで、きっとルカをなんとか助けるから」

　アズも泣いていた。

「そうだよ。そんなにきれいな顔を切るなんて、絶対ダメ」

　アズがネルシャツの袖をまくった。左の上腕に盛りあがるぎざぎざの傷跡。

「一度切ったら、また切ることとなる。傷は一生消えないし、鏡を見るたびに、今日のことを思いだすようになっちゃうんだよ」

「……アズさん」

　ルカの右手が震えながら、下がっていく。おれは両手でカッターを持つ手を包み、そっとカッターを取りあげた。音がしないように、静かに刃先をしまう。

「……うわーん……マコトさん……」

　ルカはおれの胸に頭をぶつけると、爆発するように泣きだした。肩が上下するほどの十七歳の号泣を、おれはアズの目を見ながらしばらく受けとめていた。


　ようやく落ち着いたルカに、アズが出したのはうちの残りものが原料のバナナジュース。真っ赤な目をしたルカがいう。

「……こんなに悲しいのに……おいしい……」

さっきまで号泣していたのに、天使級の微笑み。おれはいった。

「なあ、ルカ、ちょっと芝居してくれないか」

ルカは不思議そうな顔をする。

「おふくろさんに調子をあわせて、天木教祖との顔あわせを露骨に嫌がらないようにして欲しいんだ。のりのりでなくてもいいからさ。おれたちのほうで、ちょっと作戦があるから」

カウンターの向こうからアズが心配そうに見てくる。

「敵を油断させるの？」

「まあ、そういうこと」

アズはカウンターの木目をしばらく真剣に見つめてからいった」

「……わかりました……お母さんには逆らわない……ようにする……後はどうしたらいいの……」

もうだいじょうぶそうだ。おれはジーンズのポケットから、アニメキャラのカッターを抜いて、ルカに戻した。この世界でも、月の代わりに誰かがお仕置きをしなければいけない。

「今までどおりでいい。ちゃんと皮膚科の薬のんで、エステで最高にかわいくしてもらってこいよ。天木のおっさんだけでなく、男たちがみんな一発でほれちゃうくらい、きれいになってくれ。ルカなら得意だろ」

アズが噴きだしていう。

「今の台詞百点。マコトくんに彼女がいないの信じられないよ。ねえ、ルカちゃん？」

ルカはまぶしいものでも見るように、泣き腫らした目でおれを見た。

「……ほんとに……そう思います……」

いわれ慣れているので、おれはぜんぜん平気。まあ、飛び切りのひとりを見つければ、それで生涯勝ちゲームになるのだから、今からあせってもしかたない。おれにはおれの番がきっと回ってくるはずだ。

しばらく雑談してから、引き戸を開けて、通りに出た。マンションと店舗が雑多に混ざった、頭上に電線が走る池袋の街並みだ。電柱にもたれて、男が立っていた。グレイの半袖ポロシャツからのぞく腕は、消火栓のように太い。おれをじっと見ている。

事案対策課にはアイドルのように自分たちのカラーがあるのだろうか。

事案対策課、原田静木、メンバーカラーはグレイです、とかね。


翌日から、シズキの嫌がらせが始まった。

おれたちが警告を無視して、ルカと会ったせいなのだろう。アズの子ども食堂では子どもたちが帰った夜九時、うちの果物屋ではシャッターをおろした後の夜十時。猛烈な悪臭がして、近所の住人が警察に通報した。テレビニュースにもなった池袋の異臭騒動だ。警察によると撒《ま》かれたのは痴漢撃退用のスプレーだという。窓を閉めた二階にいたおれは、パトカーがくるまでまったく気づかなかった。

翌日には子ども食堂に、なぜかガタイのいい男たちが二十人もやってきたという。子ども食堂とはいうが、貧しい大人だって受けいれているのだ。やつらは早い時間に席をとると、黙々と大皿の料理をすべて平らげ、百円玉一枚おいて帰っていったという。おれでさえ毎回千円札一枚なのに、ケチな信者たち。賽銭《さいせん》をけちると、ロクなことがないぞ。

　うちのおふくろがとった電話は巣鴨の地蔵通り商店街からだった。町内会の手土産にするので最高級の白桃を百二十個、薄いダンボールで四箱分の注文だった。指定された場所に配達にいったのはおれだが、そこにあったのは怪しげな中国エステだった。ぎりぎりまで値段を下げて、半分は売り切ったが、残り半分は子ども食堂いきになった。

　じりじりとハートを削られる嫌がらせが続いた。うちはまだいいが、アズの食堂にはそこでしかめしをくえない子どもたちがいる。アズは近くのスーパーでうどんを大量に買いこんで、得意の肉うどんでなんとか、しのいだそうだ。

　つぎに攻めるのは、おれたちの番だった。

　おれはキングと連絡をとりあい、天木公正をはめるために策を練った。やつの弱みはいくつになっても男であることだ。おれは思うのだが、歴史学者や政治学者はみな生真面目過ぎて、大切な研究領域を見逃しているんじゃないだろうか。独裁者と女、あるいは果てしない権力欲と衰えることのない欲望のコンビネーションが生む政治的モンスターという存在だ。ロシアがウクライナに侵攻し、中国が南シナ海を軍事拠点化する現在、全力で研究すべき事案のはずなんだけどね。


　ルカのお目見えの金曜日、午後一時ちょうど、おれは池袋東武デパート十四階の多目的トイレにいた。ちなみにここのレストランフロアは、十三階がすこし庶民的で、十四階のほうが高級だ。

こつこつとノックの音に続き、ルカの囁くような声がきこえた。

「マコトさん？」

おれは鍵を開けて、ルカをなかに入れた。多目的トイレで十七歳の女子高生とふたり切り。シチュエーションは犯罪的だが、おかしな想像はしないでくれ。ルカは天木公正との大切なお目見えのため、高校の午後の授業を早退している。母親のカオルとこのフロアのイタリアンにくることになっていた。

子ども食堂で会ったあの日から、ルカには教会のボディガードがついていた。だが、いくら対策課のマッチョでも、トイレまでついてくることはない。おれたちはこの多目的トイレで待ちあわせをしていたのだ。ルカのセーラー服の胸ポケットを確認していった。

「ちゃんとさしといてくれたんだな」

数日前にアズから渡させておいたエンジ色の軸の万年筆だった。おれはパーカーのポケットから、同じ色の万年筆を抜いた。最後の確認をする。

「これを使えば、もう教会にはいられなくなるけど、ほんとにそれでもいいんだよな」

ルカはしっかりとうなずいた。

「病院にいったのも、エステで磨いたのも、教祖様を喜ばせるためなんだよね。お母さん、おかしくなっちゃったんだ。わたしがいくらかゆいっていっても、薬毒はダメって、無視してたのに」

おれは代わりのペンをさしだした。

「このお尻にあるスイッチを押すと、こいつは百二十分間映像と音声を録り続ける。電波はあまり強くないが、周囲七十メートルくらいまでなら記録した内容をライブで配信もできる。天木公正に会う前に、またトイレにでもいって、スイッチを押してくれ。レンズは広角だから、身体全体をやつのほうに向けておけば、ちゃんと映るからな」

通信販売でも売っているスパイグッズだった。Gボーイズの技術班が、秋葉原駅の脇にある電子部品の専門店で購入して、バッテリーと電波出力を強化したものだった。ふうと肩でおおきく呼吸をして、ルカは胸ポケットに万年筆型のカメラをさした。

「変じゃないかな」

よく見ればすこし形が違うのだが、人の胸にさした万年筆を見ている人間などいなかった。軸の色が同じなら、まずばれるはずがない。

「ああ、ばっちりだ。ルカはかわいいんだし、なにも悪いことはしてないんだから、堂々と胸を張ってな。なにかあったら、おれとタカシで助けにいく」

スパイがばれて、ルカの身に危険が迫るようなことがあれば、おれたちはGボーイズの突撃隊と突入する手はずだった。タカシはワンボックスカー二台分のボーイズを用意している。ルカは多目的トイレの鏡で、髪を押さえ、最後の点検をした。十七歳の一世一代の大冒険だ。

「お父さんが死んだのはすごく悲しかったけど、お金なんかなくても、お母さんとふたりで楽しく暮らしていければ、わたしはよかったんだ。海外旅行とか、高いごはん屋さんとか、ブランドの服とかなくても」

ルカの父親はかなりの高給とりだったようだ。

「わたしはそういうのなくても平気だったけど、お母さんは違ってたみたい。どうしてわたしだけじゃダメだったのかなあ。ねえ、マコトさん、わたしってそんなにつまらない女の子なのかな」

ルカの目がマゼンタ十パーセントほど赤くなった。肩を抱きたいところだが、ぐっと我慢する。

「いいか、ルカはつまらなくもないし、魅力がないはずもない。今日一日がんばって、自由を手にしよう。いいな？」

ルカは鏡を見ながら、しっかりとうなずいた。

「うん、アズさんもヒロカ先生もいってたよね。神様を信じる自由も、信じない自由も、子どもだって好きなように選べるって。マコトさん、すごく怖いけど、わたしは自由になりたいよ」

どえらい十七歳の勇気だった。おれはルカを無条件で尊敬する。胸にペン型カメラをさして、西新宿にある悪しき神の本拠地・天国の木教会東京本部に、ひとりで入っていくのだ。母親もいっしょだが、味方じゃない。あとは誰も彼も敵だらけ。おまけにラスボスの天木公正教祖との面会もある。

なあ、ルカってただかわいいだけじゃなく、ガッツのあるいい女だよな。

信じる自由、信じない自由、そいつをこの子にも味わわせてやりたいじゃないか。


ルカが東武デパートの多目的トイレを出てから三分後、おれもその場を離れた。「聖母マリアの夕べの祈り」の最初のモテットを低く口笛で吹きながら、うちの果物屋に帰る。ルカのお目見えは夕方四時スタートだという。Ｇボーイズのボルボが迎えにくるまで、おれははやる心を抑えて、フルーツ売りに集中した。こういうときは、仕事があるっていいもんだよな。

空はぐずぐずと湿り、雨粒を果てしなく落としていても、きっと雲の上には青空が広がっている。おれはルカの未来がこの空と同じだといいなと願っていた。


「あのビルだな」

西新宿の高層ビル街にあるこぢんまりとしたビルだった。そうはいっても高さは十七階建て。周辺のビルがみな四、五十階もあるので、見ているおれたちの感覚がおかしくなっているのだ。台湾の電気メーカーに吸収合併された中堅の電子部品会社の東京本社ビルを、天国の木教会がキャッシュで購入したのは十二年前で、価格は三十億をすこし超えたという。新興宗教はどこもなぜか金満。タカシが霧雨《きりさめ》でぼやけた東京本部を見ていった。

「悪趣味な造りだな」

キングのいう通りだった。天国の木教会はビルの正面だけ改装していた。熱線反射ガラスとステンレスのモダンなビルの下三階分は、なぜか古代ギリシャの神殿風の白い柱が並んでいた。コリント風というんだっけ、溝が彫られた柱の上部には、シダのような葉っぱが二段に重なっている。おれはいった。

「あとはルカにがんばってもらうだけだな」

おれとタカシのあいだには、タブレットが一枚投げてある。近くに停まっている作戦指揮車のほうで録画はスタンバイしているはずだった。キングが霧雨さえ凍らせそうな声でいう。

「おれとしてはマスクをして、全員で突入という展開でもぜんぜんかまわないがな。原田課長と対策課のやつらを叩くチャンスを逃したくない」

「やめてくれ。そいつは最悪の展開だ」

　Ｇボーイズが突入するということは、ルカの盗撮がばれて、肉体的な危害の恐れがあるということだった。まあ、信者の娘に怪我を負わせることはあまり考えられないが、監禁の可能性はあった。おれはいった。

「それにプランＢは突撃作戦じゃなくて、ルカの救出作戦だろ。対策課潰しにこだわるのはやめてくれ」

　タカシは王の気品をもってこたえる。

「そうだな。おれがいいたいのは、救出作戦がときどきいきすぎることもあるってことだ。それだけの話だろ。どちらにしても、ルカの身は必ず守る」

「おまえのときどきは、ほぼいつもだろ。勘弁してくれ」

　キングはＳＵＶにそなえつけの冷蔵庫の扉を開いた。このクルマには冷蔵庫だけでなくクリスタルグラスもついてきたという。嫌味な格差社会。

「これから本番なのに、シャンパンなんてのまないぞ。麻薬カルテルのトップじゃないんだしな」

　キングは皮肉に笑った。

「アルコールじゃない。ガス入りとガスなし、どっちがいい？　ミネラルウォーターだ」

　おれはガス入りでと返事をした。

　午後四時を過ぎても、ルカからの送信はなかった。ルカが誰といっしょにいるかわからないので、連絡をとるのも困難だ。アズと女性弁護士は近くの喫茶店で待機していたが、連絡は控えさせていた。タカシはひどく落ち着いた声でいう。

「なにかあったのか」

わからないと、おれ。

「もうすこし待ってみよう。あせってルカをつついて、プランAがバレるのが一番やっかいだ」

「わかった。参謀にまかせる」

タカシは助手席に座るGボーイに、全員に待機するように伝えろといった。命令が出るまで、誰もなにもするなと。

電波がきたのは、あせりでおれの心が真っ暗になった午後五時前だった。タブレットが急に明るくなり、昼と同じ光景をおれは目撃していた。トイレの鏡に向かうルカの顔だ。表情は引き締まっている。

「教祖様の準備に時間がかかって、遅くなりました。いってきます、マコトさんとGボーイズのみなさん」

そこからの映像はFPSのようだった。女子トイレの扉を押し開けると、正面には灰色のカーペットが敷かれた廊下が延びている。教祖謁見《えっけん》室という黄金のプレートが貼られた両開きの扉は純白で、ドアノブは黄金だった。ゴールド好きな教祖。

ドアの前に立っていた対策課のマッチョがノブをまわし、開いてくれる。

「ありがとうございます」

ルカのちいさな声がタブレットから流れた。天木公正の謁見室は白いタイルが敷き詰められた四十畳ほどの個室だった。十人は余裕で座れそうなソファセットがコの字型に、窓に向かっておかれている。ソファにはルカの他に少女がふたり。別の高校の制服を着ている。母親らしき中年女性が、カオルのほかにふたり。あとは原田課長に、教会の女性スタッフがふたり。

窓の向こうには雨の西新宿の光景が広がっていた。通りの向かいのビルはよく見えるが、二百メートルほど離れた新宿中央公園の緑は水墨画のようにかすんでいた。謁見室の奥の扉が開いて、若い女性スタッフの声がきこえた。

「公正神様がご来臨されます」

ソファに電気でも流れたみたいに全員が跳ねるように立ちあがって、深く頭を下げた。

「はい、みなさん、お待たせしました。ここではそんなに堅苦しくしなくていいから。みんな同じ教会の家族なんだから」

そういいながら、戸口を抜けてきた天木公正を見て、おれは吉本新喜劇のお約束のようにこけそうになった。白いバスローブ姿だったのである。金魚玉くらいあるブランデーグラスはもっていないけれど。どこまでも通俗的な教祖。こいつの入浴のために、おれたちは一時間も待たされたのだ。天木公正は窓を背にして、ソファセットの前に立った。

「はい、みんな、座って。あーっと、東京の天使組の三人さんは、立ったままでいてくれないか」

ルカは立ったままだ。三人の一番左端のようだ。天木公正のバスローブの胸がはだけて、白髪交じりの濃い胸毛がのぞいていた。女性スタッフがいう。

「さあ、あなたから公正神様に自己紹介なさい」

ルカが身体の向きをすこし変えて、胸ポケットのペン型カメラが右端の少女を映した。黒髪、長めのボブヘア、白い半袖シャツに、茶系のチェックのスカート。顔はリスを思わせる小動物系だ。

「はい、永森才香《ながもりさいか》、十七歳、私立博蘭《はくらん》高校三年生です」

当然のようにバスローブの中年男がきいた。

「身長とスリーサイズをいいなさい。バストはアンダーでなく、トップのほうで」

九人もの人の前での公開セクハラ質問だった。サイカはさっと頬を赤くした。女性スタッフが厳しくいった。

「公正神様のご下問です。早くこたえなさい」

「……はいっ、身長百五十八センチ、スリーサイズは上から……」

助けを求めるように母親のほうを見る。母親はオーディションの応援でもするように、娘にうなずきかけた。もっとがんばれ。タカシの声は冷凍庫についた霜《しも》のようにぱさぱさに乾いていた。

「この男が神の生まれ変わりか。吐き気がするな」

だが、その吐き気の分だけ映像のインパクトがあるのだ。この男のキモさが爆発的なアテンションを生むだろう。おれたちの心はとことん醜《みにく》いものには魅せられるようにできている。サイカはうつむいていった。

「……上から八十二センチ、六十センチ、八十四センチ……です」

「うんうん、いいスタイルだ。あと二年もすれば、もっとよくなる。その場でぐるりと回ってもらえるかな」

うつむいたままサイカが一回転した。天木公正はなめるように少女の全身を見つめると、ゆっくりと近づいていく。バスローブの前がさらに乱れて、茶色のチェックのトランクスがのぞいた。五十五のおっさんのトランクスなんて、見たくないもの世界一だよな。少女の肩に手をおき、それから腰を両手でつかんだ。さすがに元大統領のように、胸や「プッシー」まではつかまなかった。他に誰もいなければ、気軽にやっていたのだろうが。


ルカの番がすぐにやってきた。高層ビルを背にして、トランクスが丸見えでもかまわずに、中年太りの教祖が近づいてくる。ホラー映画のようだった。ルカは気丈にいう。

「はい、牛尾ルカ、十七歳、私立成秦《せいしん》女子学園三年生です」

胸ポケットのカメラに教祖の顔がぐんと近づいてきた。広角レンズで歪《ゆが》んで、顔の中央部が醜く盛りあがる。年をとったゴブリンみたいだ。猫なで声で天木公正がいった。

「お顔はルカちゃんが一番かわいいね。スリーサイズは？」

ルカがためらった。それはそうだよな。室内だけでなく、ルカの声は半径七十メートル四方に電波で飛んでいるのだ。だが、ルカは強かった。即座にきっぱりという。

「身長は百六十二センチで、上から八十四センチ、六十一センチ、八十五センチです」

「はい、よくできました、その場で一回転、ゆっくりとね」

ルカのカメラが純白の謁見室とそこにいるすべての人間を映しこんだ。恋は盲目というけれど、信仰のほうこそ盲目じゃないだろうか。同じ室内でこれほど異常な行為がおこなわれているのに、信者はみなうっとりと天木公正を見つめていた。覚醒剤が入ったパケを見るスピードジャンキーみたいに。

「うーん、ルカちゃんはかわいいなあ」

天木公正がいきなりルカに抱きついた。きゃあと叫んで、ルカが突きとばす。

「元気でいいねえ」

天木公正はなにごともなかったかのように謁見室のデスクに腰かけると、足をぶらぶらさせていった。

「今、みんなのクラスではなにが流行ってるのかな」

それから二十分ほど、教祖からのご下問は続いた。おれには長いながい時間だった。教祖の胸毛とトランクスがずっと見えていたせいかもしれない。


ルカがまた同じ女子トイレに戻ってきた。鏡を見ていう。

「あーっ、怖かった。うまく撮れてますか、みなさん。もうスイッチを切ります」

ルカが口ごもっている。しばらく迷ったが、崖から飛びおりるようにいった。

「あの……それから、わたしのスリーサイズはほんとのじゃないですから……みなさんがきいていると思って……すこし盛りました……ほんとはそんなにスタイルよくないです……マコトさん、Gボーイズのみなさん、どうもありがとう、それにさようなら」

映像は突然切れた。タカシがめずらしく雪解け水のようなぬるさでいった。

「天木公正が神というのは大嘘でも、ルカが天使というのはワンチャンあるな」

王様に一票。地上に降りたエンジェルは、歌詞のなかにいるだけじゃない。


Gボーイズの技術班は約三十分の素材から、その夜のうちに九本の作品をつくりあげた。フルタイムバージョンと長めの編集版が二本、そしてティックトック用のショート動画が六本である。ショート動画のうち三本はダンス動画仕立てだ。バスローブの公正の前で、女子高生がくるくると回転し続けるもの。公正の顔が広角レンズに醜く近づいてくるもの。そして公正がスリーサイズはときいている瞬間のループ映像だ。スリーサイズは？　スリーサイズは？　スリーサイズは？

音楽は技術班におまかせだったが、気の利いたやつが「セーラー服を脱がさないで」をあわせていた。モンテヴェルディと違い、ちっとも好きな曲ではないが、センスって大事だよな。サムネールはトランクスもろ出しの天木公正が女子高生の腰をつかんだ映像で、おれが十秒で考え、適当なタイトルをつけておいた。

「エロ教祖、ご乱心♡」

「天木公正、女子高生奴隷購入！」

「教祖五十五歳と女子高生十七歳の乱れた性」

「天国の木教会、喜び組オーディション」

「だいじょうぶです、トランクスはいてますよ」

この手のタイトルは下世話で趣味が悪いほど効果的だ。スマートフォンが世に出た二〇〇八年から、おれたちは下品なアテンション・エコノミーを生きてるからな。すこしも恥じゃない。


その夜アップされた動画は、嵐のような反響を呼んだ。九本の再生回数は一週間で計三千万回を突破したのだ。テレビのワイドショーでもとりあげられ、ネットにふれない老人たちにまで、天木公正教祖の悪名が轟《とどろ》いた。

天国の木教会からの脱会者が相つぎ、教会は防戦一方となった。ルカの天使組への昇格は、いつの間にか立ち消えとなった。そもそも天使組という言葉自体が、教会のなかでは使用禁止語となったらしい。

おれたちの動画が爆発的にバズったのと、ほぼ同時期に週刊誌でも別なラインからの告発が始まった。あの生誕祭で引退した先代の天使組のメンバーのひとりが、天木公正のセクハラを告白したのである。教祖とは十八歳のときに一夜をともにしたが、処女ではなかったことがわかると、二度と手を出してこなかった。ふたり以上の男と寝た女と、三十歳以上の女には存在価値がないといったこと。天使組七人すべてに天木公正が手を出していたこと。一回のセックスの報酬は、四十億円の豪邸に住んでいる癖に一万五千円だったこと。天国の木教会の騒動が収まる気配は、梅雨のあいだまったくなかった。

教会側もマスコミや信者対策に忙殺され、おれたちにはもう手を出さないだろうと甘く見ていた。おれたちに報復したって、この不名誉な騒動は静まるはずがないからな。

だが、愚か者はとことん愚かで、下品なやつはどこまでも下品なのが、この世の真実だ。

天木公正の動画投稿から二週間ほどして、子ども食堂のアズが天国の木によって拉致された。


一度きいたら忘れられない声だった。未登録の番号から流れてきたのは、事案対策課課長・原田シズキのものだ。ひどくいらだっている。

「おい、真島誠か」

どうやって、おれの番号を調べたのだろうか。最初に考えたのは、その疑問だった。店先の道路は濡れている。まだ夕方の四時で、しつこい雨が降り続いていた。

「やってくれたな、おまえら」

「なんの話だ？」

「うちの教祖様の動画だよ。ルカにカメラをもたせたのは、おまえたちだろ。動画の編集も、サムネづくりも」

おれは感情をこめずにいった。

「なにをいっているのか、意味がわからない。おれも動画を見たけど、なかなか傑作だったな」

「おれは事案対策課の課長から、課長代理に格下げされた。おまえたちのせいでな」

だんだんと腹が立ってきた。好きなことばかりいう間抜け。

「あんたが仕事できなかっただけだろ。おれに愚痴るな、みっともないぞ。昇進したいなら、神様にお祈りして、もっと献金しな」

　シズキが余裕を見せて、笑い声をあげた。

「対策課はおまえと安藤と話がしたい」

「意味不明だ。話すことなど、こっちにはない」

「意味ならわかるようにしてやる。こいつの声をきいてみろ」

　背筋に震えが走った。誰かがシズキに拉致されている。

「マコトくん、わたし。こんな人たちのいうことをきいちゃダメだよ」

　子ども食堂のアズだった。

「これでおまえたちも話をしたくなっただろう。録音しろ。新宿区東五軒町《ひがしごけんちょう》〇−〇、そこにある倉庫に今夜九時にこい。おまえと安藤のふたりでな」

　通話が切れた。おれはすぐにキングの番号を選んだ。


　タカシはシズキと会えるのがうれしいようだった。あの動画だけでは不完全燃焼だったのかもしれない。

「すぐにGボーイズの突撃隊に、倉庫を調べさせる。東五軒町だな。おれとマコトで、乗りこもう。今度はアズの救出作戦だな」

　おれは平和な果物屋を眺めていった。

「何人用意するんだ？」

タカシは平然としたもの。声もすこしも冷えこまない。

「対策課が二十人なら、倍でいいだろう。倉庫を囲み、誰も逃げられないように網を張る」

「わかった」

「マコトはすぐに店を出られるのか」

「たぶん、だいじょうぶ」

キングが不敵に笑っている。

「なら、下見につきあえ。十五分でクルマを迎えにやる」

通話が切れた。おれはおふくろに近づいて、声を落とした。

「まずいことになった。子ども食堂のアズがさらわれた。相手はこの前黒いアルファードでうちの店にきた天国の木教会のやつらだ。今夜九時に、新宿の倉庫にこいって」

おふくろは瞬間湯沸かし器だった。

「うちの店でスプレーまいた、ふざけたやつらだよね。マコト、木刀いるかい？」

いらないといった。参謀が武器をもつようでは、戦は負けだ。

「これからタカシと下見にいってくる」

「わかった。店はまかせておきな。アズちゃんを助けるんだよ。あの子がいなきゃ、飢えちまう子が池袋には何人もいるんだからね。あんなエロ教祖より、ずっと大切な人なんだよ」

わかったといった。やるべきことは、すべてわかっている。

東五軒町は飯田橋と神楽坂《かぐらざか》のあいだにある印刷所と倉庫の街だった。指定された住所には二階建ての印刷所とトラックの出入り口があり、奥には横幅十二メートルくらいの倉庫が建っていた。正面のシャッターは三枚。周囲を緑色の金網フェンスがかこんでいる。

倉庫の裏の出入り口はGボーイズのカップルを二組送りこんで、タカシが探らせていた。約束の三時間前には、手書きの倉庫の見取り図がすべてのGボーイズのスマートフォンに送られた。正面のシャッターの他には、倉庫の通用口は二カ所。印刷所に通じる右手と非常用の奥の扉だった。

タカシが作戦を立て、人員の配置を決めた。普通の作戦はおれが立てるが、荒事はタカシのほうが得意なのだ。Gボーイズが用意したのは十四人乗りの大型ロケバスのレンタル車両が三台、それに小回りが利くバイク四台。そしてキングの公用車のボルボだった。総勢四十三人、高度成長期の小学校の教室なみの動員だった。

そして、おれたちは倉庫街のあちこちにクルマを停めて、夜を待った。

タカシの作戦はこうだ。

まずおれとタカシがボルボで、倉庫に向かう。SUVがゲートを抜けた瞬間、そこにいる対策課の三人をできるなら、無音で拘束する。ふたりひと組で襲いかかる。電圧をあげた改造スタンガンは三台ある。

三カ所ある倉庫の出入り口に人員の三分の一を配置し、残りはおれとタカシが倉庫に入った後で、合図を待って突入する。誰もしゃべらない。致命傷は負わせない。だが、誰も無傷では帰さない。作戦の遂行時間は、十分から十五分。それだけあれば、アズを救い、全員が撤収するのに十分だろう。

おれたちが乗るＳＵＶは東五軒町から坂道をのぼった白銀《しろがね》公園の脇に停まっていた。夕食は神楽坂の総菜屋の弁当だった。白身魚のフライとポテトサラダ。アズの手料理とは比較にならない味だった。今夜、何人の子どもたちが閉まった子ども食堂を見て、肩を落とし空腹のまま帰ったのだろう。シズキにも対策課のやつらにも、それだけの罰は与えなければならなかった。

夜九時になっても、タカシは動かなかった。キングはいう。

「今度はおれたちが、やつらを待たせよう。天木公正と同じように一時間だ。十時になったら、いくぞ」

おれのスマートフォンには何度か非通知の電話がかかってきたが、おれはきれいに無視してやった。降格した無能の声はもうききたくなかったのだ。

夜十時、静かになった神楽坂の裏通りを静かにＳＵＶが滑っていった。倉庫の出入り口の前には、同じ顔の三人が立っている。灰色のジャージ姿。ボルボがゲートに近づいて停止すると、Ｇボーイの運転手がドアウィンドウを下げた。対策課のマッチョがいらだたしげに叫ぶ。

「遅いだろ、約束は九時だぞ」

車内をのぞきこむ。おれとタカシは正面を向いて、対策課を無視した。

「クソ度胸があるんだか、とんだ間抜けなのか、おまえたちのやることは、訳がわからないな。さっさと、いけ」

無言のまま、運転手がゆっくりと奥の倉庫にクルマをすすめた。印刷所のほうから四人の課員がやってくる。先頭の男が明かりを落とした車寄せでいった。

「運転手はそのまま残れ。真島と安藤は、おれたちとこい」

そのときだった。ゲートで動きがあった。すこしタイミングが早かったようだ。ふたりがかりで飛びかかり、ひとりずつしとめていく。ばりばりとスタンガンの空中放電の音が人気のない夜の倉庫街に響いた。

「なんだ、あいつら。おまえらの仲間か」

先頭の男がそういったときには、突撃隊が無音の黒い雪崩《なだれ》のように、敷地に侵入していた。乱戦が始まった。スタンガンと特殊警棒が暗がりでひらめく。倒れた対策課の男たちは後ろ手に拘束コードで縛られ、猿ぐつわをかまされて敷地の隅に連れていかれた。

タカシが低く凍った声でいう。

「おれたちは先にいくぞ、マコト」

キングじきじきの指名だった。地獄の底までいくしかない。

倉庫のなかは奥の三分の一ほどに、パレットに載せられた天国の木教会のパンフレットが積まれていた。ここの職員はいないようだ。みな屈強そうで、灰色のロゴいりジャージを着た事案対策課の男たちだった。

「よくきたな、真島、安藤」

対策課の元課長・原田シズキだった。すこしやせたようだ。頬がこけている。シズキの横にはパイプ椅子に座るアズの姿があった。おかしなロープの結びかただった。何時間か経過して、すこしゆるみ始めている。ロープで人を縛るのはプロでなければ難しいのだ。拘束コードやガムテープ、サランラップのほうが簡単に人の自由を奪える。

シズキのほかには、四人の課員がいた。三人のマッチョと例ののっぽだ。シズキは余裕を見せた。

「今回の件はいい勉強になった。教祖様のプライベートはもっと慎重にお守りしなければいけない。だが、それだけじゃあ済まないんだ。おまえたちに神の罰を与えなければ、この章は終わりにできない。公正神様もひどくお怒りなのでな」

シズキはおれとタカシを交互に見た。

「どっちが先がいい？　命まではとらない。だが、当分歩いて便所にはいけない身体にしてやる。その場で垂れ流すか、這っていけ」

タカシが前にすすみでた。重いのに軽い一歩。

「教会の説教はそれで終わりか。まず、おれからだ。相手はそこののっぽなんだろ。いつでもいいぞ」

二メートルにはいかないが、百九十センチ台なかばはある長身の男だった。腕と脚はカマキリのように細く長く、顔もカマキリのようにちいさく三角にとがっている。童顔だが酷薄そうな表情をしている。きっと何十人も容赦なく痛めつけてきたのだろう。タカシに負けないくらい余裕綽々《しゃくしゃく》だった。

緑の耐水塗料が床に塗られた倉庫のがらんとした中央で、タカシと長身の男が向かいあった。タカシも身長は百八十近くあるのだが、頭ひとつおおきく見える。

「こい」

キングがそう命じた。おれはつぎの瞬間、驚くべきことを見た。


男は九十度に曲げた右手を腰に据えて、左手を前にあげ防御の姿勢をとった。動画で観た日本拳法のようなかまえだ。

「シッ！」

鞭《むち》のように息を吐くと、のっぽの右手が伸びた。ゴムゴムの実をたべたルフィのようだった。長い脚で踏みこみながら、伸ばした右の拳がバックステップするタカシのガードを割って届く。拳の角度は水平ではなく垂直だ。縦拳《たてけん》の突きだった。槍《やり》が伸びるようにタカシの両腕の隙間を縫って、胸元に吸いこまれる。ボクッと鈍い音がした。タカシが後ろによろけながら、身体をくの字に曲げた。高校のボクシング部以来のダメージかもしれない。まさかキングが負けるのか。おれの全身が震えた。それなら、つぎはおれが出るしかない。身体のなかをアドレナリンの嵐が吹き荒れる。

のっぽの攻勢が続いた。右も左も、槍のような突きは同じだった。体重は軽いが、骨の長さを生かした、効果的な攻撃だった。タカシは体勢を立て直すと、ディフェンスに専念した。暴風のような突きを、下がるのではなく左右に身体をさばいて、避けていく。のっぽにはタカシを追う脚はなかった。

のっぽの弱みは、長所の裏側にあった。とても手が届かない遠距離からのまっすぐな突き。そいつは同時に距離を潰されると、打撃の威力が半減する結果となりあわせだった。やつには直線の打撃はあるが、フックやアッパーのような曲線の打撃がなかった。近距離戦に弱いのだ。

息を整えたタカシは、のっぽが左の突きを戻す拳の速さと同じ神速のステップで前進した。やつの左の腰に潜り、身体を低く保ち張りつかせる。下から突きあげるようなジャブストレートを二発。一発がのっぽの頬に被弾した。

そこから起きたことは近くで見ていたおれにも、実はよくわからなかった。タカシが腰を沈めて、身体を左にねじろうとしている。必殺の右を出そうと、肩先を動かした。のっぽはなぜかタカシの左の拳だけ見ている。左がぴくりと動いた。一瞬遅れて、タカシが右を再起動した。腰から肩、ひじと手首。すべてが一直線に伸びたきれいなストレートが、のっぽのあごを撃ち抜いた。短く刈ったやつの髪から、爆発するように汗の粒が飛び散る。

のっぽはそのままのけぞるように倒れていく。タカシは飛びこんで、やつの頭を抱えた。そっと緑のコンクリートにおいてやる。タカシは右腕をあげると叫んだ。

「Gボーイズ、こい」

目だし帽をかぶった黒いジャージの奔流が、三カ所の出入り口から突入してくる。マッチョの対策課も抵抗したが、人数が倍以上では時間の問題だった。つぎつぎと拘束されていく。おれはアズのロープを解いてやった。シズキはすでに後ろ手にコードで縛られている。

「マコトくん、タカシくん、ほんとにありがとう」

おれに抱きついてから、なにかを見つけたようだった。

「あの人のもってるやつ、借りてもいいかな」

Gボーイズの突撃隊員がもつ改造スタンガンだった。おれはタカシを見た。キングは笑っている。

「いいんじゃないか」

アズはスタンガンを手にすると、緑の硬い床に倒れているシズキに近づいていった。

「よくもうちの食堂を荒らしてくれたよね」

後ろ手で拘束されたシズキは陸にあがった魚のように跳ねて逃げようとした。アズはやつの背中にスタンガンの電極を押しあてる。電撃が飛んで、イオンの匂いがした。シズキは跳ね続けている。

「つぎは今夜、晩ごはんをたべられなかった子どもたちの分」

今度アズが電極を当てたのは、シズキの腰だった。痛みのせいで舌をかんだのだろうか、やつの口からは血が流れている。寝転がったまま叫び始めた。

「こんなことをして、無事に済むと思うなよ。警察に訴えてやる」

あきれた悪党だった。

「あんたのほうが先に、アズさんを拉致したのに？」

「そんなことは知らない。わたしたちは一方的に暴力をふるわれた被害者だ」

おれはシズキの顔の横に、しゃがみこんでいった。

「おまえがおれたちにいったこと、おれはひと言も忘れてないぞ。神の罰だの、雷だのってな。池袋の異臭騒ぎも、白桃の注文の嫌がらせも、全部おまえの対策課の仕業だろ。あんたの言葉はすべて録音してある」

おれはポケットから、スマートフォンを抜いた。

「ほら、こいつだ。今日の分をききたいか。命まではとらない。便所には這っていけ。カッコいい台詞だったな。あんたが警察に駆けこむなら、おれたちもこいつを証拠として提出する。どっちでも好きにすればいい。おれたちはおまえがこれまで相手にしてきたやつらのように、黙って好き放題させてはおかない。教会のスキャンダルにガソリンをかけて、さらに大炎上させてやる。あのセールスマンにいっておけ。インチキ教祖らしく、損得勘定は忘れるなと」

タカシはおれを見て、夏に初めてたべるかき氷みたいに爽やかに笑った。

「Gボーイズ、撤収だ」

そうして、おれたちは自分たちの街に帰った。いつの間にか雨はあがり、夜空の雲の隙間にはちいさな星がまたたいていた。神様がおれたちのことを祝ってくれたのかもしれない。

アズにはタカシとおれ以外のGボーイズの顔を見せたくなかったので、大通りでタクシーに乗せて帰した。また子ども食堂にきてね。マコトくんとタカシくんは、未来永劫《えいごう》タダだからね。ブタの貯金箱に千円札を入れたら、次回からケンカになるかもしれない。

ボルボは雨あがりの明治通りを流していく。濡れたアスファルトにテールランプの赤が映えて、きれいだった。

「なあ、タカシ、なんであののっぽは見えみえの右を、あんなにきれいにくらったんだ?」

おれにはぜんぜんわからなかったノックアウトシーンだ。

「ああ、あそこの場面か。どう説明すればいいのかな。まずやつはおれの左ジャブストレートをくらって、思ったより効いたんであせっていた」

「ふーん、左を警戒していたんだな。それで?」

「だから、おれは餌を撒いた。身体を左にねじり、あごへの左ジャブストレートを用意しながら、見えみえの右のフェイントをかけた。やつは右は見せかけだと確信して、おれの左を防ごうと右手で顔の半分を隠した。もちろん、ここでおれは左のフェイントもかけておいた。それでがら空きになったやつのあごの右側に、右のストレートを送った。遠いサイドから定石《じようせき》破りのパンチだ。解説すれば、そういう話になる」

おれより先に、運転手のGボーイが低く口笛を吹いた。

「あの時間って、せいぜいコンマ二秒くらいだよな。その間に身体をねじりボディフェイントを入れて、つぎに肩先で右のフェイントを見せて、左の拳をすこしだけ動かし三度目のフェイントを入れて、やつをきれいにあざむいてから、最後に本命の右ストレートを打ったのか」

驚いた。〇・二秒の瞬間に三段階のフェイントをかけて、相手を罠にはめこんだのだ。身体能力もすごいが、タカシの頭の回転の速さとトラップを張る計算力は飛び抜けている。それが論理構築力という格闘技ではきき慣れない言葉の正体だったのだろう。

「だから、いっただろ。力がある者同士では、最後はここの勝負になると」

キングはこめかみを指して、そういった。

「やつも読みには自信があったんだと思う。裏の裏を読んで、本命は左だと確信をもっていたはずだ。そこにまったく予期していなかった右がきた。見えないパンチは効くんだ」

おれはあきれていった。

「タカシもモンスターだな。パンチドランカーみたいなテレビの元チャンピオンも、これからは尊敬することにするよ」

プロはみな化物《ばけもの》だということかもしれない。キングは肩をすくめていった。

「だが、最初の拳はやばかった。おれはやつのリーチを計算に入れていたが、踏みこんできた拳は思っていたより十センチ以上伸びてきた。しかもガードをすり抜ける縦拳だろ。あれがあと五センチ上で、喉元にはいっていたら、あそこで勝負はついていた」

「足元がふらついていたもんな。ほんとに驚いたよ。初めてタカシが負けるかと思った」

タカシはにこりと笑った。

「だが、おれは普通ならノックアウトパンチになるような一撃にも耐え切れた。なぜだか、わかるか」

「いや、わかんない」

キングは雲のあいだにちいさな星を隠した夜空を見あげた。

「おれがあれよりもずっと力のあるパンチを受けたことがあるからだ。高校のリングでくらった、うちの兄貴の右の打ちおろしだ。あのときは冗談じゃなく、眼玉が飛びでるかと思った。あの右に比べたらな、のっぽの拳はまだ軽い」

おれも澄んだ夜空を見あげた。Ｇボーイの運転手が洟をすすっている。タカシは笑っていった。

「おい、安全運転でな。前をよく見てくれ」

「兄貴のタケルが残してくれたパンチの記憶が、タカシを救ってくれたのか。この話、抜群の素材なのに、ぜんぜんコラムに書けないじゃないか」

タカシの声は冴えざえと冷えている。

「おれも今夜、マコトに驚いたことがある」

池袋のキングは窓の外から視線を戻して、正面からおれにそういった。


「今日の分もそうだが、マコトはこれまでシズキがいったことを、全部録音していたんだろ。さすがに池袋イチのトラブルシューターだな」

おれは思わず笑ってしまった。キングは不思議そうにいう。

「なにがおかしい？」

「あれはおれのフェイントさ。実際にはなにも録音してないんだ。でもシズキにはそんなことわからないだろ。盗撮ではめられてるから、絶対におれならやるだろうと思いこんでるはずだ。おまえのフェイントと同じだよ」

　タカシも笑った。運転手がいう。

「キングもマコトさんもさすがっすねえ」

　タカシが驚いたようにいう。

「おれのフェイントはパンチ一発分のスキを相手につくるためのものだろう。そいつはコンマ一秒とか、それくらいの瞬時だ。だけどマコトのフェイントはまるで違う。シズキはこの先何年も疑心暗鬼になって、迷い続けるだろう。自分の犯罪の証拠がほんとうにあるのか、どうかとな」

　それから外を向いて、投げやりにいった。

「強いっていったいなんだろうな。おれはマコトより、ほんとに強いのか。もしマコトのほうが強いなら、アズと比べてどうなのか」

　強さ比べなど、果てしない堂々巡りだった。その三人のジャンケンなら、抗鬱剤を手放せないリストカッターが最強のカードということになる。おれにもタカシにも子どもたちの未来はつくれないからな。どこかが強くて、別などこかが弱くて、日々勝ったり負けたりしている。そんな愛すべき砂粒が、人間というものなのかもしれない。


　梅雨が明けて、おれは久しぶりに池袋本町の子ども食堂に顔を出した。タカシはまた別なトラブルの裁定をくだすために忙しくて欠席。外は夏の日ざしで、食堂のなかはエアコンできんきんに冷えていた。おれはルカにいった。

「肌が治ってよかったな。ルカのこと見違えたよ」

ニッと笑って、ルカがいう。

「ありがと、マコトさん。今度ね、天使組じゃなくてほんとうのアイドルのオーディション受けてみるつもりなんだ。絶対受からないと思うけど、十七歳の記念で」

「お母さんはなんていってるんだ?」

カウンターの奥でアズが笑っていた。ルカはもう言葉が詰まることはなかった。

「好きなようにしなさいって。あの動画のせいで、お母さん教会のなかの出世コースからはずれちゃったみたいなの。そうしたら布教もぜんぜんやる気がなくなって。パンフレット代がわたしの皮膚科の治療費になった。お母さんともすこしずつ話ができるようになったんだ。ほんとによかった」

信仰もほどほどが肝心ということか。不活発な信者くらいがちょうどいいのかもしれない。アズがいう。

「ヒロカが準備していた監護権の審判もストップしてる。今のところ、ルカちゃんのおうちも小康状態だしね」

「最近はここの食堂への嫌がらせもないんだよな」

アズは鶏肉のカシューナッツ炒めをつくっていた。ここのは子どもに人気のないピーマンの代わりに、小松菜を使っている。

「うん、天国の木もそれどころじゃないんじゃないかな。ルカちゃんががんばってくれたからね。スリーサイズのサバを読みながら。マコトくん、味見して」

アズさーんとルカが叫んだ。おれの前に小皿の炒めものが届いた。ひと口で片づける。

「照りも出てるし、十分うまいよ。じゃあ、おれ、そろそろいくね」

そういって、財布から千円札を一枚抜いて、折りたたんでブタの貯金箱へ入れようとした。アズがあわててカウンターの貯金箱をさらった。タカシの右に負けない速さ。アズは真っ赤な貯金箱を胸に抱えていった。

「わたし、マコトくんとタカシくんは、ここでは未来永劫タダだって約束したよね」

「せめて夏だけタダにしてくれよ。この食堂にきにくくなるだろ」

「わかった。じゃあ夏で許してあげる」

池袋の庶民のなんて豊かなことか。おれたちは四十億の豪邸には住めないけれど、こうして相手のことを思いやり、なけなしの金を譲りあうのだ。手のなかの千円札を見た。もう財布に戻せそうにない。

「なあ、三人でかき氷でもたべないか。今日は暑いだろ。通りの向かいのコンビニで買ってくるよ。なに味がいい?」

そうして夏の日ざしが打ちつける猛暑の池袋本町で、おれたち三人はその夏初めてのかき氷をにぎやかにたべることになった。もちろん全員イチゴミルク。やっぱりかき氷といえば、この味で決まりだよな。いつかタカシも誘って、子ども食堂にきてみよう。無料だというこの夏のあいだに、何回子どもたちとアズのうまい料理がくえるだろうか。つぎは飛び切りのスイカをもってこよう。おれたちは赤くなった舌を出しては、おたがいを指さして笑った。こういうのも夏の午後の悪くない過ごしかただよな。

神《かみ》の呪《のろ》われた子《こ》
池袋《いけぶくろ》ウエストゲートパークXIX

2023年9月10日　第1刷

著　者　石田衣良《いしだいら》
発行者　花田朋子
発行所　株式会社　文藝春秋

東京都千代田区紀尾井町 3-23
郵便番号　102-8008
電話（03）3265-1211

印刷　凸版印刷
製本　加藤製本
DTP　言語社

定価はカバーに表示してあります。

ISBN978-4-16-391745-0